내일이 두려운 청춘을 위한 지구 방랑기

길을 잃고, 너를 만나다

내일이 두려운 청춘을 위한 지구 방랑기

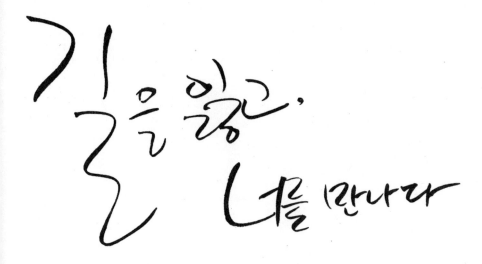

길을 잃고, 너를 만나다

정양권 쓰고 찍다

Prologue

여행을 하다 보면 대한민국에서 사는 대학생인 나를 줄곧 따라 다니는 질문.

"장기간 여행하면, 졸업과 취업이 늦는 것의 부담은 없나요?"

물론 있다.
없다면 거짓말이겠지.
하지만, 여행에 대한 내 지론은 이렇다.
취업이나 사회적인 성공으로 자라난 나무가 허우대가 길고 높다고 한다면,
여행을 거름 삼아 자라난 나무는 난쟁이와 같은 높이라 볼품없이 보일지 모른다.
하지만 어느 나무보다도 튼튼한 뿌리와 널따란 그늘을 가지고 있다.
키만 껑충하게 큰 나무는 인생에서 하루에 수도 없이 찾아오는 시련과 번민에 지혜롭지 못하게 대처하여 쉽게 무너지지만, 다양한 경험으로 다져진 작고 통통한 나무는 탄탄한 허리 덕에 어떤 외풍도 쉽게 견딜 수 있다.

세상은 말한다.

채워라. 외워라. 잘해라.

하지만,
여행은 이렇게 말했다.
비워라. 느껴라. 즐겨라.

눈앞에 펼쳐진 거친 파도 앞에 방향을 잃고 헤매던 나는
세상이라는 학교에서 진짜 행복, 삶의 가치를 찾았다.

지금부터 세상에서 얻은 아주 특별한 가르침을 되새기려 한다.

●
여
정

발자국 다섯, **유럽**

It's not your fault

발자국 여섯, **남아메리카**

비움

발자국 일곱, **내리다**
새로운 내 인생의 무대에

발자국 하나, **오르다**

드넓은
세상을 향해

각박한 세상,
한 치 앞을 알 수 없는 인생.
진짜 행복을 찾으러
세상으로 향하는
비행기에 오른다.

인천공항 가는 길

나는 내가 겁이 별로 없는 줄 알았다. 적어도 한 시간 삼십 분 전까지는.

아직 만나지도 않은 외국인이 나에게 불친절하면 어쩌나 고민하게 될 줄은 더더욱 몰랐다.

흑인 아저씨가 흰 이를 드러내고 그 치아만큼이나 하얀 손바닥을 보이며 나를 향해 손을 흔들어 줄 것이라고 애써 생각해 보지만, 손은 손대로 잃어버린 물건은 없나 가방 속 물건을 걱정하며 되짚느라 분주하다.

거창하게 시작한 여행인데 처음부터 겁에 질려서는 어째 불안 불안하다. 장기간 가는 여행이라고 친구들이 환송회도 다 해줬는데, 이러다 한 달도 안 돼서 돌아오는 거 아냐?

아, 생각만 해도 창피해서 얼굴이 달아오른다.

애초의 계획은 인천공항에서 홀로 샌드위치를 먹는 보헤미안 배낭여행객을 연출하며 이번 여행을 시작하려 했는데…….

에라, 모르겠다. 잠이나 자자.

…

아, 맞다. 삼각대를 안 챙겼네.

이제 시작이다

비행기가 날아오르고 땅이 까마득해졌다.

머지않아 구름이 발밑에 깔리자, 공항에서의 혼란스럽고 두려웠던 마음이 모두 사라졌다. 빙글빙글 돌던 나침반이 북쪽을 가리키기 시작한 것 같다. 이제야 모든 것이 제자리를 찾은 느낌이다.

항상 남들과 다른 나만의 길을 걷고 싶었다.

하지만 문득 정신을 차리고 보니 물고기 무리 속의 작은 물고기 한 마리처럼, 보통의 것이 가지는 안정감 속에 숨어, 무수한 '남'들 속에 섞여 걷는 나를 발견했다.

이제 첫걸음이다.

보통에서 떨어져 나와 '나'로서 걷는 첫걸음.

비록 잘 닦인 길에서 조금 비끼어 서서, 목적지까지 향하는 발걸음이 조금 더디긴 하겠지만 목적지에 도착했을 때 남들보다 여유롭고 지혜로운 사람이 되어 있기를 바란다.

발자국 둘, 아시아

오랜 꿈의 시작

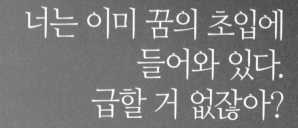

너는 이미 꿈의 초입에
들어와 있다.
급할 거 없잖아?

마법의 시작, 나마스떼

'우연'을 '필연'으로 만들어 주는 주문.
스치는 우연을 소중한 인연으로 만들어 주는 주문.
오늘도 수많은 사람들에게 인연의 주문을 외친다.

나마스떼!

꿈의 시작, 히말라야

나는 지금 나의 오랜 꿈, 히말라야와 마주하고 있다.

히말라야가 내뿜는 웅장함은 감히 그 크기를 짐작해 보는 것도 허락하지 않았다. 히말라야를 마주하자 나는 제자리에 굳어 버렸다. 그리곤 나도 모르게 길고 묵직한 탄성을 내뱉었다.

동경하던 산을 오른다는 흥분보다는 웅장함에 압도되어 겁을 집어먹고 시작한 산행. 하루 종일 오르려면 맨몸으로도 힘들 텐데 등에는 어린아이 한 명 무게와 맞먹는 배낭을 메고 있다.

산행을 잘 마칠 수 있을까?

오늘 아침 욕심껏 15kg이나 되는 짐을 싼 내가 원망스러웠다.

아니나 다를까 출발한지 삼십 분도 채 되지 않아 두 다리가 젖은 빨래처럼 축축 처지기 시작했다.

"저기, 조금만 쉬었다 가죠."

앉아서 숨을 고르며 속으로 생각한다.

'천천히 오르자. 급하게 오를 필요 없다. 시합도 아닌데 허겁지겁 올라봐야 허벅지에 알밤에 더 생기겠냐. 너는 이미 꿈의 초입에 들어와 있다. 넌 이미 히말라야에 있고 이곳의 공기와 흙을 밟고 있어. 급할 거 없잖아?'

그런데 불쑥 이런 생각도 떠오른다.

'어? 그런데 숙소 도착하기 전에 해 떨어지면 큰일 나는데.'

안 되겠다. 오늘 너 허벅지에 알 좀 생기겠다.

처녀비행

비행 전에 내가 그린 그림은 이렇다.

상쾌한 맞바람이 불어온다. 패러글라이드가 하늘을 향해 둥실 떠오르고 내 몸을 감싼 끈들이 팽팽히 당겨 온다. 이윽고 땅에서 사뿐히 떨어지는 발끝. 눈앞에는 경치가 활짝 펼쳐지고 거대했던 히말라야가 내 눈높이에 들어온다. 나는 세상에 없는 초능력이라도 가진 듯 하늘 이곳저곳을 자유롭게 날아다닌다. 상쾌한 바람이 머리칼을 스치고, 즐겁고 흥분되는 이

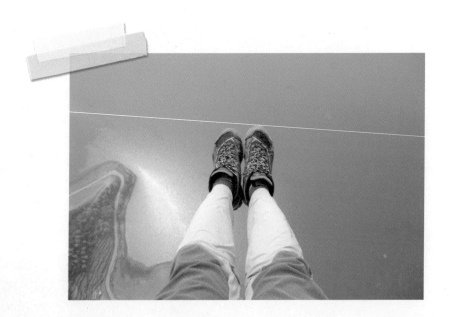

순간이, 영원의 시간이 되었으면 한다.

그리고 비행 일 분째,

나는 창공에서 이런 생각을 한다.

'아, 이게 뭐야… 어지러워. 토할 것 같아……'

아름다운 포카라

포카라에 사는 사람들은
그곳이 얼마나 아름다운 도시인지 알지 못한다.

한국에 사는 사람들은
이곳이 얼마나 아름다운 나라인지를 모른다.

세상에는 안에서는 보이지 않는 익숙한 아름다움이 많다.
가끔씩 눈을 감고 세 걸음 물러나 다시 눈을 떠보자.
너무나 익숙해서 지나쳐버린
아름다움을 발견하게 될지도 모른다.

진한 인간미 나는 세상

나침반과 지도에만 의지해 길을 찾다보니 길을 잃는 일이 잦았다. 하지만 그게 꼭 나쁜 것만은 아니었다. 우연의 힘으로 고마운 인연을 만들어 줄 때도 있기 때문이다.

그날도 길을 잃어 헤매고 있다가 우물가에서 물을 긷던 루밋을 만나게 되었다. 그는 유독 밝은 미소를 지니고 있었고, 나는 인상 좋은 그에게 길을 물어보았다. 때마침 놀고 있는 내 손으로 물 긷는 것을 조금, 정말 조금 도와주게 되었다. 물 긷는 것을 도와주고 가려는데 루밋은 나의 손을 잡아 끌어 자신의 집으로 안내했다.

그의 집은 주름이 자글자글한 노인의 얼굴 같은 모습이었다.
당장 힘없이 무너져 내릴 것 같은 낡은 집.
열 평이 채 되지 않는 이 낡은 집에서 일곱 식구가 산다고 했다.

하지만 막상 집 안에 한 걸음 들어서자 외관에서 받은 초라한 느낌보다는 일곱 식구의 보금자리다운 따뜻한 기운이 더 크게 와 닿았다.

꾀죄죄한 차림의 볼품없는 이방인인 나에게 따뜻한 차 한 잔을 선뜻 내주더니 급기야 대충 보기에도 아껴 먹은 흔적이 역력한 고기를 꺼내 다듬

기 시작한다.

그 친절에 몸 둘 바를 몰라, 무슨 맛인지 음미할 정신도 없이 먹다가 문득 올려다 본 그들은 하나같이 미소를 지으며 나를 바라보고 있었다. 내 얼굴이 신기해서인가? 아마 나를 배불리 먹여서겠지.

고마운 마음에 배낭을 뒤적여 보지만 여행객의 행랑 사정이야 뻔하다. 선물할 만한 것이라고는 튜브로 된 양념 고추장뿐. 주는 손이 부끄러워 멋쩍게 웃으며 고추장을 건네고 집을 나선다.

집을 나와서 다시 한 번 건물 외벽을 바라보니 아까는 그저 낡아 보이기만 하던 것이 이제는 왠지 인자하고 따뜻한 시골 할머니 같아 보인다.

길을 잃은 덕에 만난 루밋 가족.

넉넉하지 않은 생활이지만 낯선 여행객에게 선뜻 귀한 고기를 내주었
던 그들.

타지에서의 생활이 외로웠던 탓일까? 괜히 눈시울이 붉어진다.

생활은 부유하지 않아도 마음만은 누구보다도 여유롭고 넉넉했던 루
밋 가족.

그들은 가진 것에 감사하며, 작은 것 하나도 나눌 줄 알았고,

행복이 무엇인지 누구보다 잘 알고 있는 듯이 보였다.

부러운 치아 부자

45도를 웃도는 무더운 날씨

가만히 서있기도 힘든 그곳에서 웃으며 릭샤를 움직이는 이들.

때 묻지 않은 미소를 지닌 치아 부자들.

그들의 미소는 내리쬐는 햇볕이 무색할 만큼 싱그러웠다.

온전히 자기의 일을 사랑하고 즐기는 이들이 부러워진다.

파서블 랜드, 인디아

격식이 무슨 필요야.

힘들면 앉고 졸리면 누우면 그만이지.

인도에서 기차표를 사는 방법

인도에서 기차표를 살 때는 매표소 직원의 비위를 잘 맞춰야만 한다. 직원의 마음에 따라 표 값이 달라지기 때문인데, 만에 하나 직원의 갈대 같은 심기를 건드려 표 값이 비싸지더라도 다른 창구에 가는 것은 상상도 할 수 없다. 역이 아주 혼잡하기 때문에 매표소 직원 앞까지 다다르기 위해서는 슈퍼볼 결승전을 치르는 풋볼 선수들의 몸싸움만큼이나 치열한 경쟁을 뚫어야 하기 때문이다. 거짓말 조금 보태서 300:1에 육박하는 경쟁을 뚫어야만 창구에 닿을 수 있는데, 이 과정에서 밀고 당기는 실랑이가 이방인인 나에게는 적응하기 힘든 일이다. 하지만 나를 더 힘들게 한 것은 이곳 사람들이 평생 줄이라곤 서 본 적이 없는 것처럼 새치기를 서로 주거니 받거니 하는 것이었다. 어릴 적 즐겨 하던 '스트리트 파이터'라는 대전격투게임에서 인도인 캐릭터의 팔이 길어졌던 것이 다 이유가 있었다는 엉뚱한 생각마저 들 정도였다.

치열한 경쟁 속에 가까스로 매표에 성공한 나는 개선장군처럼 당당히 매표소를 빠져나갔는데, 직원의 표정으로 보아 내 표는 평균보다 조금 싼 가격에 구매를 한 것이 아닌가 하는 생각이 들었다.

몇 분 뒤, 같은 칸에 타게 된 친구들이 서로 얼마를 주고 표를 구매했는지 비교하고 있었는데, 나는 내가 지불한 표 값을 아무에게도 말하지 말아야겠다고 생각했다. 그때까지 나는 기차표를 저렴하게 구매했다고 철석같이 믿고 있었기에, 내 말을 들으면 친구들 마음에 슬프고도 잔잔한 파문이 생길 것 같은 생각에서였다. 하지만 친구들이 치른 표 값을 모두 알게 된 후 오히려 내 마음에 한 줄기 슬프고 잔잔한 파문이 생겼다. 나는 가장 비싸게 산 친구보다 곱절이나 비싸게 값을 치렀다. 내 표에 혹시 금덩어리가 붙어 있나 뒤집어 봤지만, 역시 그런 건 없다.

표 값을 따지러 가기에는 이미 늦었다. 내가 거기에서 할 수 있는 일이라고는 아비규환 같은 플랫폼에 쓸쓸하고 진한 나의 눈물 한 방울을 남기는 일 뿐. 이렇게 된 바에야 나는 '대인배' 같은 마음으로 이것이 흥정의 묘미라고 생각하기로 했다. 싸게 산 친구들도 많았으니 앞으로는 나에게도 기회가 찾아오겠지.

인도의 매표소에는 모든 것이 열려있다. 바가지를 쓸 확률도 파격적인 가격의 할인을 받을 확률도. 이제 당신의 운도 시험해 보자.

마더 테레사 하우스

이들의 세상에는 사랑이 겨울처럼 멀다.

모두가 사랑을 말하고 사랑을 들었지만,

이들은 까막눈이거나 귀 먹은 사람처럼

그것을 보지도 듣지도 못했다.

어쩌면 사랑이라는 단어는

애초에 이들에게 결핍을 보여주기 위해 존재하는 것 같았다.

하지만

언제부터인가 멀리서 흘러온 작은 개울은

이곳의 얼음을 천천히 녹이기 시작했다.

봉사자, 여행자, 유학생, 현지인.

졸졸 흐르던 작은 개울은 점점 물줄기가 굵어졌다.

지금의 이곳은

일본인과 한국인이 빨래를 널고 시리아인이 물청소를 하는 곳.

히스패닉 신혼여행 부부가 한센병 환자의 목욕 수발을 들어주는 곳.

어쩌면 언어도 피부도 다른 사람들이 모여야만 이곳의 겨울이 물러나
는 것이었을지도 모른다.

스마일 증후군

살면서
웃고 싶을 때도,
울고 싶을 때도,
화를 내고 싶어질 때도 있다.

하지만 몸집이 커지면서부터는
이런 솔직한 감정 표현이
어른스럽지 못한 행동이라고 치부해 버렸다.

하지만 불현듯 이것이 내 큰 착각이라는 생각이 든다.
어른스러운 표정이 무엇일까?
감정을 숨긴 채,
입꼬리만 올리고 웃는 척을 하는 것일까?

아니다.
상대방과 진심으로 소통할 수 있는 꾸밈없는 표정이
진정 어른스러운 표정이다.
내 감정을 숨기려고 억지로 웃으려 하지 말자.

웃고 싶을 땐 동글뱅이 사탕을 가진 소년처럼 티 없이 환하게.

울고 싶을 땐 드라마 속 이별한 주인공처럼 꺼이꺼이.

화내고 싶을 땐 굶주린 호랑이처럼 으악으악.

다양한 표정은 피부 건강에도 좋다고 한다.

솔직해지자, 마음도 표정도.

우물 밖에서 만난 세상

나는 친구가 매우 많다. 스물네 살 전에는 이런 나를 스스로 완벽한 성격을 가진 인간의 표본이라고 여기며 자신감 넘치게 살아왔다. 지금 생각하면 어리고 철없는 모습이었지만 그때는 정말 내가 대인관계의 달인이라고 여기며 그것이 나의 유일한 장점이라고 생각하며 살았다.

하지만 낯선 땅에 발을 디딘 그 순간, 나는 내가 어떤 인간인지 뼈저리게 깨닫게 됐다. 낯선 사람들 틈바구니에서 말 한마디 꺼내기 위해 속으로 삼십 번을 되뇌다가 말할 기회를 놓치기 일쑤였고 어렵게 말을 뱉고 난 후에도 다른 사람들의 눈치를 보느라 쉽게 대화에 끼어들지도 못했다.

이렇게 힘없이 어깨를 축 늘어뜨리고 나에게 먼저 말 걸어주는 친절한 사람은 없나 비 맞은 강아지의 눈빛으로 주위를 살필 때, 따뜻하다 못해 뜨거운 손을 내밀어 준 이가 있었으니 바로 네덜란드인 프레디였다. 푸근한 인상에 언제 어디서든 서글서글하게 인사부터 하고 보는 친근한 친구였는데, 진심이 담긴 따뜻한 목소리로 처음 보는 사람도 오랜 친구처럼 만드는 재주가 있었다. 그와의 시간은 사교성에 대한 나의 생각을 바꿔 놓았고 거리 없이 사람을 사귀는 법을 의식하지 않고 자연스럽게 배울 수 있는 시간이었다.

여행이 나에게 보내준 두 번째 선생님은 이탈리아 방랑 요리사 파피용이었다. 나는 초보 여행자답게 협상하는 법, 맘에 들지 않는 것을 거절하는 법, 물건을 제 가격에 사는 법 등 여행자가 지녀야 할 기초 소양이 많이 부족했다. 물건을 사기 전부터 바가지를 쓰고 돌아다니는 꼴이었고, 누군가 부탁을 하면 거절을 하지 못해 손해를 보는 것이 이만저만 아니었다. 파피용은 그런 나에게 구세주나 다름없었다. 나이가 많아서인지, 여행 경험이 많아서인지 파피용은 어떤 상황이든 능숙하게 대처했는데, 그중 발군은 물건을 흥정하는 모습이었다. 말이 잘 통하지 않아도, 상인의 고집이 세도 언제나 능숙하게 흥정을 해 나갔다. 같은 물건도 나에 비하면 말도 안되게 싸게 사는 일이 많았으니, 파피용의 일거수일투족이 나에게는 이후의 여행에서 지침서 같은 역할이 되었다.

　사람은 환경에 의해 크게 좌우지 된다. 한곳에서 나고 자란 나로서는 익숙한 환경에서 벗어날 일이 없어, 진짜 나의 모습이 무엇인지, 나의 부족한 점은 어떤 것인지 파악하지 못하고 있었다. 하지만 장기간 떠난 여행으로 인해 주변 환경이 급격하게 변하자 평소에는 인지하지 못했던 나의 성격들이 불청객처럼 툭툭 튀어나왔고, 비로소 나를 어느 정도 객관적으로 인식할 수 있었다.

　이처럼 여행이 매일 선보이는 새로운 환경과 친구들은 나에게 하나같이 변화를 재촉하는 선생님들이었으니 여행 막바지의 내 모습은 지금과는 많이 달라져 있을 것이다. 부디 좋은 방향으로 변해있기를. 내일의 알게 될 내 모습도 기대가 되지만 한국에 돌아갈 때쯤의 나를 생각하는 것은 그것만으로도 벅차고 들뜬다.

발자국 셋, **아프리카**

Are you enjoyed?

'잘했어?'라고
묻기보다는
'Are you enjoyed?'

Are you enjoyed?

한 외국인 친구가 황급히 불러 나가 보니 각국의 여행 청년들이 조그마한 상자를 중심으로 동그랗게 원을 그리고 서 있었다. 나는 무슨 종교의식을 하나 싶어 속으로 적잖이 겁을 먹었는데, 알고 보니 별 시답잖은 게임을 하고 있는 것이었다. 종교의식인 줄 알고 겁을 먹어 놓고는 막상 그게 아니라는 것을 깨닫자 내심 실망스러웠다.

게임은 땅에 놓인 박스 주위에 빙 둘러서서 순서대로 박스를 입으로 물어 올리는 게임이었는데 손과 발을 사용해선 안 되는 것이 규칙이었다. 그렇게 한 차례 돌면 첫 번째 사람이 박스의 벽을 찢어내어 높이를 낮췄는데 그렇게 점점 낮아지는 박스를 최종적으로 물어 올리는 사람이 승자가 되는 것이었다. 마치 림보와 유사한 게임이었는데, 림보보다 조금 더 바보 같은 기운이 흐르는 게임이었다. 하다 보니 별것도 아닌 게임에 점점 승부욕이 불탔는데 열심히 하면 할수록 포즈가 기괴해졌다. 마치 순서대로 바보 흉내라도 내는 듯이 보여 간만에 크게 웃을 수 있었다. 이쯤 되면 못 한다고 점잔 빼는 사람도 있을 법한데, 누구 하나 빼는 사람이 없다. 이곳은 적극적인 사람들만 오는 곳인가 싶을 정도였다. 처음 하는 사람, 몸치라서 못하는 사람 할 것 없이 그저 웃고 떠들며 열심히 게임에 참여했다.

게임이 끝나자 게임을 제일 못했던 친구가 내게 다가와 물었다. 내가 별로 재미없어 하는 것 같아 보였나 보다.

"Are you enjoyed?"

가장 못해서 재미도 가장 적게 느꼈을 것 같은 친구가 물어 온 말에 나는 순간 즐기는 사람이라는 것이 이런 것이구나 싶었다. 지난 시간을 떠올려 보니 한국에서는 이런 말을 많이 들어보지 못했던 것 같다.

"잘했어?"가 아닌,

"Are you enjoyed?"라는 물음.

수영을 할 때도
배구를 할 때도
샌드보딩을 할 때도
스카이다이빙을 할 때도
이곳에선 항상 따라 오는 말.

즐기고 안 즐기고를 떠나, 못하면 재미가 없지 않나 싶기도 했지만, 정말 못해도 즐거워하는 사람들의 얼굴을 보자 잘하고 못하고는 우리 인생에 그리 크게 중요한 것이 아니라는 생각이 든다.

이건 그냥 내 생각

여행을 하며 각국 사람들을 만나 봤지만 우리나라 사람만큼 배낭 무게에 별난 집착을 보이는 사람들은 보지 못했다. 우리나라 사람은 여행자의 배낭이 작고 가벼울수록 내공이 높은 여행자라며 치켜세운다. 1년 이상의 여행 계획을 가진 사람이 8kg 미만의 짐을 들고 다니면 많은 여행자들이 득도한 스님을 보듯 존경의 눈으로 바라보는데, 부족함을 감내하는 것이 여행자의 숙명이라지만 짐이 적으면 적을수록 좋다는 생각에는 반대한다. 물론 무거운 배낭은 여행자에게 큰 걸림돌이 될 수 있다. 몸이 힘들면 마음 역시 쉽게 지치고 피로해져 무너지기 쉽다. 짐이 무거우면 여행 자체가 중노동이 돼 휴식은커녕 아마도 해외근로자로 파견된 느낌이 들 것이다. 하지만 여행자에게는 가벼운 짐보다 조금 더 중요한 것이 있지 않을까?

내 생각에 정말 즐길 수 있는 여행은, 좋아하는 것과 함께하는 여행이라고 생각한다. 내가 이런 생각을 하게 한 이들은 많았다. 이웃 나라의 어떤 배낭 여행자들은 어깨에 자기 몸보다 더 큰 패러글라이딩용 낙하산과 기구들을 메고 산에서 산으로 패러글라이딩을 하며 이동하기도 하고, 어떤 여행자들은 배낭의 2배쯤 되는 크기의 보드를 짊어지고 다니기도 한다. 그들의 짐 크기는 보는 사람으로 하여금 억 소리가 나게 할 만큼 엄청난데, 그것을 지고 다니는 이들은 오죽할까. 하지만 그들은 자신들 평생에 한 번 볼까 말까한 대자연 앞에서 가장 좋아하는 일을 해볼 수 있다. 만년설 위에서 보딩을 하는 모습. 상상만으로도 짜릿하다.

물론 불필요한 짐들은 최대한 줄여야겠지만 관심 분야가 음악이면 자기가 좋아하는 악기를 챙겨 가야하지 않을까. 기타든 트럼펫이든. 물론 드럼이나 첼로 같은 건 좀 힘들겠다. 그런 의미로 나 역시도 내가 애용하는 사진 장비들을 가져왔어야만 했다. 내가 쓰던 삼각대가 무겁다고 가볍고 약한 여행용 삼각대를 사서 사진도 제대로 못 찍는 바보 같은 짓은 나 하나로 충분하다. 다른 나라의 어떤 여자 여행객은 예쁜 사진을 많이 남기기 위해 드레스와 구두까지 챙겨 왔더라.

남은 남이고 나는 나라는 사실.
남이 아닌 내가 즐거워야, 정말 즐거운 여행이다.

이건 그냥 내 생각이다.

내 생애 첫 소풍

"양권아, 네가 나보다 탄자니아를 더 잘 아는 것 같다."

탄자니아의 한 대형마트 안. 평생을 탄자니아에서 산 라디아 아주머니께서 내게 하신 말씀이다. 물론 우스갯소리로 하신 말씀이시겠지만 왠지 가슴 한편이 살얼음이라도 언 듯 시렸다. 알고 보니 아주머니는 지금까지 한 번도 대형마트에 가본 적이 없었다고 한다. 그래서 무엇을 사야 하는지 아니, 무엇이 있는지조차 모르셨다. 아주머니의 말을 듣고 나자 시끌벅적한 마트 안에서 우리가 있는 곳에만 적막한 공기가 감도는 느낌이었다. 결국 교외로 소풍 가기 위해 장을 본 바구니 안에는 온통 내 입맛의 음식만 가득하다. 소시지, 햄버거, 초코쿠키와 콜라. 본의 아니게 내 생일상이 되어버렸다. 하지만 다행히도 라디아 아주머니와 다니엘 목사님은 그 음식들을 맛있게 잘 드셨다.

아주머니에게는 '생애 첫 소풍'
아니, 집 근방 2km 밖으로는 처음 나가 보신다는 쉰 살의 라디아 아주머니.
맘에 들지 않는 사진이 찍혀도,
달리다가 넘어져도,
수영장에서 수영을 잘하지 못해도,
온종일 웃음이 떠나지 않으셨다.

다르에살람에 머무는 10일간 배고프진 않은지, 잠자리는 불편하지 않은지, 한낱 여행객인 나에게 항상 분에 넘치는 친절을 베푸셨던 라디아 아주머니께서 잠들기 전 중보기도를 부탁하셨다.

과분한 대접을 해주신 라디아 아주머니를 도와드릴 방법은 없나 생각하다가 마침 큰따님의 대학등록금이 부족하다는 사실을 알았다. 이곳 탄자니아의 급료로는 대학등록금을 내기가 너무나도 팍팍한 일이다. 그래서 등록금을 모으시느라 집 앞에 있는 마트조차 한 번도 가보지 못하셨고, 그토록 좋아하시는 초코과자도 마음대로 못 사드셨나 보다. 또다시 마음이 시려왔다.

그래서 나는 조심스레 아주머니의 손에 100달러를 쥐여 드렸다.

대학생 여행자에게 100달러는 결코 작지 않은 돈이라,

잠시 고민하기도 했고

혹시 기분을 상하게 해드린 건 아닌지

걱정이 되어 조심스러웠다.

하지만, 막상 드리고 나니

더 드리지 못해서 죄송하기까지 하다.

겸손해야 하는 이유

자만하는 순간

장점은 빛을 잃어 가기 때문입니다.

당신을 사랑합니다

한적한 거리를 여유로운 마음으로 걷는데, 동네 꼬마들이 왠지 내 마음을 적적하게 만든다.

이 동네에는 이방인이 흔하지 않은지 골목 이곳저곳 '월리를 찾아라'처럼 숨어서 얼굴만 빼꼼 내놓은 채 나에게 집중하고 있다. 안 잡아먹는다고 말하고 싶은데 이곳 말은 안녕밖에 모르잖아.

적적한 마음을 달래며 거리를 걷는데 꼬마들이 나를 따라다니며 숨는다. 내가 무서우면 따라다니지를 말아야지. 문 뒤에 몸을 숨겨도 머리는 다 보이는데 왜 숨는 걸까?

나는 문득 좋은 생각이 나서 조심스레 카메라를 꺼내어 들고 셔터에 손을 올린다. 먼 산을 보고 심호흡을 하다가 꼬마들이 방심하는 틈을 타서 빠르게 셔터를 누른다.

찰칵.
문틈으로 빼꼼 나온 꼬마의 얼굴에 호기심이 어린다.

찰칵.
꼬마 하나가 다가와 조심스레 팔을 흔든다.

찰칵.

문 뒤에서 그리고 상자 뒤에서 하나둘 나와 나에게 다가오는 꼬마들.

어느새 나는 동네 꼬마들에게 둘러싸여 있다.

카메라 액정에 비친 자기 얼굴을 보면서 웃고 떠든다.

렌즈 속으로 들어갈 듯 얼굴을 들이미는 아이들.

어느새 아이들과 나는 뒹굴고 뛰어다닌다.

비록 말은 통하지 않지만,

서로 교감하는 데는

사진기 하나만 있으면 된다.

카메라 렌즈가 당신에게 향하는 것은 곧

나는 '당신을 사랑합니다'라는 뜻이기 때문이다.

기회

푸른 하늘에 기회가 날고 있다.

셔터만 누르면 저 기회는 나의 것이 된다.

하지만 아직 나는 망설임 없이 움직이는 데는 익숙하지 않나 보다.

당연한 일에도 망설이는 습관을 이번 여행에서 많이 고쳤다고 생각했

는데.

휴……

1초만 더 우물쭈물했다면
머리와 날개가 잘려 나갈 뻔했다.

기도가 필요합니다

공기가 답답하여 창문을 연다. 뼈마디에 피로가 기름때처럼 끼어 떨어질 줄을 모른다. 좀 걸으면 나아질까 싶어 아디스아바바로 산책을 나선다.

얼마쯤 걸었을까? 이제는 익숙해진 아프리카의 풍경 사이로 낯선 것들이 보인다. 이곳에 흔치 않은 학교와 서점들이다. 듣기만 했던 창문 없는 학교가 눈앞에 있다. 우리나라에는 한 학급의 학생 수가 너무 많다고 하지만 이곳에서는 대학생을 좀처럼 보기 쉽지가 않다. 서점에는 아프리카 출판사가 펴낸 책은 눈 씻고 찾아도 없고 대부분 인도에서 수입해 온 책이다. 아마 영어권의 출판들 중에 그나마 인도 출판사의 책이 저렴하기 때문이리라. 하지만 그렇다고 해도 이곳에서 판매하는 책값이 저렴한 것은 아니다. 인도에서는 우리 돈 사천 원 수준이었던 책들이 이곳에 오면 이만 원짜리 딱지를 붙인다. 이만 원이면 에티오피아 서민들의 한 달 월급 수준이니, 서점에서 에티오피아 사람들을 찾아보기가 쉽지 않은 것도 이런 이유일 것이다.

자국민들이 책을 살 수 없는 서점. 이곳은 도대체 누구를 위해 존재하는 곳일까?

무등산 호랑이 vs 킬리만자로 표범

　킬리만자로를 오르기 위해 아프리카로 갔다고 해도 과언이 아닐 정도로 킬리만자로 등반은 내 여행의 큰 그림 중 하나였지만, 천 달러(US)를 호가하는 터무니없는 가격은 산행이 결정되기 전 마지막 날까지도 나를 망설이게 했다. 우리 돈으로는 거의 백만 원, 이 돈이면 햄버거 세트가 이백

개고 탄자니아에서 백 일 밤을 게스트하우스에서 묵을 수 있다. 아시아 최
고봉인 히말라야 트레킹 비용의 최소 열 배 이상 되는 돈이니 얼마나 터무
니없는지 느껴질 것이다.

하지만 결국 호기심 반, 오기 반으로 팔백칠십 달러라는 비교적 저렴한 계약금으로 닷새짜리 마랑구 루트에 오르게 됐다. 막상 결정하고 나니 후회보다는 기대가 앞섰다. 조용필의 '킬리만자로의 표범'을 듣고 자란 내가 드디어 킬리만자로 앞에 서다니. 마치 내가 달에 온 것처럼 실감이 안 났는데, 어쩌면 산의 초입이 어디서나 볼 수 있는 흔한 숲의 느낌이라 더 그랬는지도 모른다. 하지만 확실히 숲과 나무의 밀도는 다른 곳과 비교할 수 없을 정도였다. 태곳적부터 터를 잡은 생명들이 한 치의 틈도 두지 않고 빽빽하게 들어선 숲은 서로의 생명력을 겨루는 듯 팽팽한 기운으로 가득했다.

그쯤 나는 빽빽한 숲의 장관에 넋이 나가있었지만 손가락은 나도 모르게 셔터를 누르고 있었다. 이게 자연이구나. 이게 야생이구나. 내 키를 훌쩍 넘기는 이름 모를 식물들과 선명한 색으로 물든 야생화들. 그 사이로 자연의 일부처럼 자리한 통나무집들은 사람 역시 자연의 일부라는 생각을 하게 만들었다.

킬리만자로에 오르기 전에는 가격이 터무니없게 느껴졌는데, 가격이 비싼 만큼 대우는 확실했다. 휴식할 때마다 어디서 구했는지 따뜻한 물을 공수해 와 족욕을 시켜주었고, 그리고 해 질 녘 내오는 따뜻한 국물과 밥, 맛좋은 음식들은 마치 귀족체험을 하는 듯했다.

숲을 지나고 마지막으로 그리 크지 않은 사막을 지났다. 이제 안개를 뚫고 우후루봉을 앞에 둔 마지막 전초기지가 시야에 들어오기 시작했다.

이제 얼마 남지 않았다. 아프리카의 최고봉에 올라 대륙을 내려다 볼 일이. 하지만 나도 모르는 사이에 몸 상태가 많이 망가져 있었다. 낮아진 기압과 온도에 익숙해질 새도 없이 쉬지 않고 올라와서인가? 숨이 가쁘고 머리가 웅웅 울렸다. 일단 호흡이 원활하지 않으니 큰 숨을 쉬어도 가슴이 답답하고 구토가 나온다. 어제까지만 해도 핫초코 마시는 낙으로 산을 탔는데 지금은 핫초코 생각만 해도 토할 것 같다. 휴식시간에 뜨거운 물에 족욕하는 일도 귀찮기만 하다. 어서 내려갔으면 하는 생각뿐이다. 정상을 밟고 하산하는 무리들이 나를 스쳐 지날 때마다 나 역시 저들을 따라 발길을 돌리고 싶었다. 아름다운 경관이고 뭐고 하나도 눈에 들어오질 않는다. 집에 가고 싶다. 정말이지 아무 생각이 들지 않는다. 하지만 이만큼 올라온 내 노력과 자존심 때문에 이를 악물고 견딘다. 정상에서는 행복하겠지. 정상까지 어떻게든 가자.

고산증에 좋다는 물을 힘겹게 마시고 잠을 청한다. 이쯤 나는 무너져가는 정신에 한줄기 동아줄 내려주듯 스스로를 무등산 호랑이라고 칭하기 시작했다. 그땐 그렇게라도 하지 않으면 내 정신이 버틸 수 없을 것 같았다.

'킬리만자로 까짓것 대수냐. 무등산 호랑이가 왔다.'

그래도 집에 가고 싶다. 여긴 호랑이도 안 살잖아. 살지 못할 곳이라 안 사는 걸 거야. 그런데 내가 어떻게 올라가. 난 진짜 호랑이도 아니잖아. 가이드와 짐꾼들에게 쪽지로 작별을 고하고(창피해서 내입으론 말 못하겠다.)

혼자서라도 내려가고 싶다.

저녁 11시 30분, 가이드가 잠든 나를 깨운다. 컨디션 난조에 정신까지 흐트러지고 있던 나는 가이드가 엄마라도 된 듯 짜증을 부려본다. 하지만 그는 이미 이런 일에 익숙한 듯 눈 하나 깜짝 안 하고 내 겨드랑이에 손을 넣고 일으켜 세운다. 힘겹게 눈을 뜨고 보니 언제 준비했는지 따뜻한 차를 내게 건네어 준다. 정신을 차리자 곧바로 시작된 산행. 내 눈앞에는 캄캄한 어둠뿐이었고 가이드와 여행자들이 모두 반쯤은 어둠에 잠식된 채 긴장된 표정으로 땅만 보고 걷는다. 그야말로 설상가상 눈이 내리기 시작한다. 출발한 지 삼십 분쯤 됐을까. 안 그래도 바닥을 치던 내 몸 상태에 빨간 불이 들어오기 시작한다. 또다시 내려가고 싶다는 생각이 머리를 지배한다. 발걸음 한 걸음 한 걸음 내딛는 일이 쌀가마니를 머리 위로 들었다 놨다 하는 것만큼 힘들다. 한 걸음 한 걸음 천근만근 무거운 고민을 달고 올라간다. 아마도 나는 이때 반쯤은 포기하고 가이드들에게 끌려올라 가듯 올라갔다. 서서히 고도는 높아지고 내 상태는 반대로 점점 밑으로 내려간다. 이러다가 죽는 거 아닌가. 1분이 1시간 같이 느껴진다. 몸이 힘드니 시계만 자꾸 바라보게 되고 가이드와 여행자들에게 얼마나 남았는지 묻게 된다. 아 한심하다. 그래도 정상이 코앞이라는 친구들의 말에 내 몸 같지도 않은 발에게 사정사정해 나아간다. 아… 그런데 생각해보니까 네 시간 전에도 코앞이랬어.

토하고 아스피린 먹고 물 마시고 걷고 토하고 아스피린 먹고 물 마시고 또 토하고 걷고 물 마시고 아스피린 먹고…….

아스피린을 한 삼만 개쯤 먹었을 때가 6시 36분. 그야말로 새하얀 정상에 도달했다. 내가 본 흰색 중 가장 시리고 거대한 흰색. 마침내 무등산 호랑이가 킬리만자로 정상에 도착했다. 올라오는 게 힘들었던 만큼 기쁘다. 말로 표현할 수 없는 기쁨에 큰 숨만 헉헉 들이키며 사방 뻥 뚫린 경치를 내려다본다. 누구에게도 설명 못할 기분에 흥분해 있는데 춥다. 아 정말 춥다. 사실 누구에게 기분이 어떻다고 설명하고 싶어도 입이 얼어서 못하겠다. 얼마나 추우면 손이 얼어서 카메라 셔터 누르는 것도 서너 번 해야 한번 성공할 정도였다. 너무 좋은데, 너무 춥다. 결국 10분 정도 머무르다 하산을 결정했는데, 내가 고생한 것 생각하면 1초보다도 짧은 시간이다. 십분. 내려가는 것이 너무 아깝다. 이름을 킬리만자로 정복자로 고치고 항상 자랑하고 싶다. 그렇게 힘들게 올라왔는데 사진 몇 장 남기고 내려가야 하다니. 이렇게 아름다운데 사진에는 그 아름다움이 다 담기지 않아 속이 쓰리다. 예쁜 여자 친구를 만들었는데 화상통화로만 만나야 하는 느낌이다. 아깝다. 아까워. 그래도 내려가자. 올라올 때와는 또 다른 느낌으로 발이 떨어지지 않는다.

나는 갈게.
안녕 킬리만자로.
안녕 표범.

우리도 칠월 칠석에 까마귀들이 다리 놔줬으면 좋겠다. 내 힘으로 다시 올라올 자신은 없으니까. 그래도 꼭 한번은 가보길 추천한다.

아니 두 번 가도 좋다. 나는 한 번만 갈래.

슬픈 사실

아프리카에는 노인이 없다.

아리랑의 힘

델타 오타방고의 저녁. 오늘은 이곳 현지인들과 함께 자국의 노래를 친구들에게 소개하는 시간을 가졌다. 피부색이 다른 친구들 사이에서 유일한 아시아인이었던 나는 자연스럽게 독창을 하게 됐는데, 그것도 모자라 첫 순서로 노래하게 됐다. TV 프로그램을 보니까 프로 가수들도 첫 번째로 노래하면 압박감이 엄청나다던데, 물론 무대의 스케일은 K리그와 조기축구회만큼 차이가 났지만 노래를 잘 부르지 못하는 나는 승부차기 마지막 순번의 선수만큼이나 떨렸다. 한국을 대표하는 노래라면 어떤 것이 있

을까 곰곰이 생각하다가, 생각할 필요도 없이 한 나라를 대표하는 노래라면 국가를 부르면 되겠지 싶어 애국가를 부르기로 했다. 막상 부르려고 친구들 가운데 서니, 이런, 앞이 보이질 않는다. 분명 지금은 밤인데 하늘이 노오랗다. 심장이 쿵쾅쿵쾅 뛰는데 친구들은 박수를 치며 격려해준다. 하지만 나에게는 격려가 재촉으로 들려와 심장이 더 뛴다. 심호흡을 한 번하고 배에 힘을 주어 천천히 한 음씩 내뱉는다.

"동해 물과 백두산이 마르고 닳도록……."

무미건조하게 불렀는데 이건 의욕이 없어서가 아니라 애국가는 언제나

이렇게만 불러와서 다르게 못 부르겠다. 분명 의욕 없어 보였을 텐데, 처음이라 그랬는지 친구들이 요란하게 박수를 쳐준다. 여세를 몰아 아리랑을 부른다. 눈을 감고 내가 생각해도 좀 구성지게 불렀다. 그리운 한국을 생각하면서. 하지만 떨리는 마음은 의지할 곳이 없어, 목소리는 파르르 떨리고 앞으로 모은 손은 서로 손톱을 꼬집는다. 어떻게 부른지도 모르게 노래가 마지막 부분에 다다른다.

노래가 끝나기 무섭게 친구들이 일어나서 박수를 치고 휘파람을 불고 앙코르를 요청하기도 한다. 갈라쇼를 마친 가수가 된 느낌이다. 아아, 이 순간만큼은 내가 조용필이고 이미자다. 어떤 친구는 눈가에 눈물이 맺혀서 나를 안아준다. 노래도 못하는 내가 이들을 이렇게 만들었을 리는 없고 무엇이 이 친구들을 이렇게 만들었을까? 아마도 우리 가락에는 서정성이 있기 때문 아닐까?

그 뒤로는 해가 지면 아리랑에 반한 친구들이 모여 나에게 노래를 청한다. 사실 노래하는 것을 좋아하지만 한국에서는 잘 먹히지 않았다. 나는 이곳에서 통하는 스타일이었던가. 드디어 내 목소리를 알아주는 사람들을 만난 것 같았다. 친구들이 이렇게 좋아해주니 나로서는 하루에 세 번 끼니때마다 불러 달래도 불러줄 수 있었다. 게다가 한국의 민요에 눈물까지 흘리는 친구들이 관객이라니, '이런 것이 민간외교 아니겠습니까. 여러분!'하며 유튜브에라도 올리고 싶었지만 상황이 허락하지 않아 아쉽다. 사실 조금 창피하고 낯 뜨거웠는데 몇 안 되는 친구들이지만 이들에게 한국에 대한 좋은 인상을 줄 수 있다는 사실에 창피함을 무릅쓰고 최선을 다해 불렀다.

우리 민요 특유의 서정적 멜로디가 그들에게 위로가 되길 바라면서.

보츠와나의 밤하늘에 내 목소리가 퍼진다(사실 부르는 순간마다 낯 뜨겁다).

선택은 우리 몫

우리에 갇힌 사자는 더 이상 사자가 아니다.
황제의 위압감도, 칼날 같은 포효도 없다.

자유는 사자의 가장 날카로운 송곳니
이제 우리 밖으로 나갈 시간이다.

버스가 사라졌다

어?!

버스가 사라졌다.

국경 귀퉁이에 있는 은행에서 비자 비용을 내고 어렵사리 탄자니아 입국도장을 받았다. 홀가분한 기분으로 문을 나서자, 풍경은 그대론데 알 수 없는 위화감이 감돈다. 내가 탄 버스가 감쪽같이 사라진 것이다.

너무 큰일이라 실감이 나지 않는다. 아마 어디선가 나를 기다리고 있겠지. 그러나 건물도 별로 없어 을씨년스러운 국경지대에 버스가 숨어 있을 자리는 없어 보인다. 5분도 지나지 않아 의심은 절망으로 바뀌었다. 머릿속에는 온통 가방, 짐, 버스 같은 단어들만 떠다니고 논리적인 생각은 나질 않았다. 교통수단이야 히치하이크든, 버스든, 택시든 타면 된다지만, 내 몸보다 소중한 가방은 반드시 꼭 찾아야 한다. 그런데 어떻게? 어찌할 바를 모르고 발만 동동 구르고 있는데, 마침 낯이 익은 사람이 눈에 들어온다. 바로 내 앞자리에 앉아서 닭다리를 내게 하나 뜯어주신 조지 목사님 사모님이시다! 어라? 목사님은 어디 계시냐고 물어보니, 덤덤한 목소리로 하시는 말.

"버스에 타고 갔어요."

순간 나는 1 더하기 1이 5라고 말하는 사람을 본 것처럼 멍해졌다. 아내가 타지 않았으면 버스 기사님한테 기다려 달라고 말씀하시거나 본인도 내려야 하는 게 아닌가? 어떻게 아무렇지도 않게 혼자 가시지? 이제는 어이가 없어서 웃음이 나온다. 하지만 목사님이 버스를 타고 가신 게 오히려 나에겐 불행 중 다행이다. 신의 도움인지 다행히도 목사님과 전화 연결이 되었다. 10km 남짓 떨어진 곳에서 우릴 기다리고 있을 테니 택시를 타고 오란다.

　　택시비는 1인당 10,000실링이나 냈다.
　　바보 같은 사람 셋 때문에 난데없이 택시 기사님만 복이 터졌다.

지구 조상님과의 사투

　이집트로 가는 길목. 에티오피아 아디스아바바에서 5일간의 어중간한 스톱 오버.

　가짜 한국 여권을 가지고 불법체류를 시도하는 중국인으로 오해받아 공항에서 각종 얼토당토않은 취조와 함께 에티오피아의 첫날밤이 시작됐다. 나 중국인처럼 생겼나?

　결국 이역만리 타국 땅에서 한국어 시험을 보게 됐다. 더 어이없는 것은 한국어 시험 감독관이 에티오피아 사람이다. 욱하는 마음에 한국말로 "당신, 한국말 알아요?"라고 물었더니 역시나 전혀 못 알아듣는다. 이런 사람이 무슨 한국어 시험 감독인가.

　몸은 가뜩이나 피곤함에 절었는데, 밑도 끝도 없는 취조가 계속되고, 취조가 끝나자 창밖은 캄캄해졌다. 이럴 거면 잠이라도 재워주고 내보내든지, 한밤중까지 붙잡아 두고는 할 말 끝났으니까 가보란다. 더 항변할 수도 없어서 할 수 없이 거리로 나섰는데, 사방을 둘러보니 막막해진다. 어디서 자야 하지?

　처음 오는 곳인 데다가 미리 들은 정보도 없어서 한참 고민하다가 결국 론리플래닛 추천의 최저 요금 게스트 하우스로 향한다. 도미토리가 없어 간만에 싱글 룸에서 묵게 됐다. 아, 재수가 없었던 것이 이렇게 보상되는구나. 깜깜한 방에 침대 하나. 얼마 만에 가지는 개인 공간인가. 나는 불도 안 켜고 침대에서 몸부림치면서 오랜만에 혼자 있는 기쁨을 만끽했다.

그런데, 곧 이 방에 나 혼자만 있는 것이 아니라는 것을 알게 됐다. 무언가 방구석에서 꼼지락거리고 있었다.

어? 하나가 아니다.

천장에도 하나. 벽에는 둘이 더 있다. 나는 곧 패닉에 빠졌다. 저것들은 뭐지. 뭔데 어두운 방안에 기척도 없이 돌아다니고 있는 것인가. 나는 겁에 질렸지만 무엇인지는 알고 싶어서 한 걸음 한 걸음 다가갔다.

쥐인가?

아니, 쥐보다는 작다.

바퀴벌레?

아니, 그렇게 보기엔 너무 커.

검은 물체는 나의 존재를 느끼기 시작했는지 움직임을 멈추고 어둠 속에서 웅크리고 있다.

아, 무슨 바퀴벌레가 저리도 크담. 무슨 성장 촉진제라도 먹었나. 저 정도면 집도 지킬 수 있을 것 같다. 불을 켜고 주위를 둘러보니까 샤샥 숨는 바퀴벌레가 한두 마리가 아니다.

하지만,

킬리만자로 등산에 이은 각종 국립공원 사파리 투어, 그리고 3개월을 국가대표 혹한기 훈련하듯 쉬지 않고 여행해 온 나의 몸은 이미 뇌와의 핫라인이 무너진 지 오래였다. 이 상황에서 별 고민 없이 눈이 감긴다. 감기다가…… 불현듯! 초등학생일 때 TV에서 본 영상이 머리를 스친다. 바퀴벌레가 사람 귀에 들어가서 119에 실려 간 영상이었다. 그런데 불행인지 다행인지, 저 바퀴벌레들은 너무 커서 아마 내 귀로는 못 들어올 것이다. 아, 눈이 감긴다⋯⋯.

.

.

.

여행을 통해 발달한 육감은 마치 야생동물의 그것과 흡사해졌는지, 나는 자다가 불안한 기운을 느끼고 눈을 번쩍 떴다. 내가 눈을 뜬 것을 눈치 챘는지 바퀴벌레 한 마리가 내 눈앞 천장에 딱 붙어서 움직이질 않는다. 아마 나를 보고 있겠지.

이때 내 뇌가 흥분을 해서 아드레날린을 과다하게 분비시켰는지 아니면 실제로 지구의 시간이 잠시 느려졌는지는 모르겠지만, 나는 바퀴벌레의 낙하 장면을 운석의 낙하만큼이나 길고도 자세하게 관찰할 수 있었다. 바퀴벌레는 나를 적으로 인식하여 자신을 관찰하는 주체를 제 몸 바쳐 공격하려고 했는지 정확하게 눈을 향해 떨어졌다. 아무도 믿지 않겠지만 그 바퀴벌레는 의도가 느껴질 만큼 분명한 방향성을 가지고 떨어졌다.

결국 이날 나는 전장을 누비는 여포처럼 광분해, 암수대소를 가리지 않고 바퀴벌레의 생명을 앗아갔다. 그렇게 나는 오랜만에 가진 혼자만의 공간에서 내 안에 숨어 있는 폭력성에 눈을 떴다. 하지만 아무리 용을 써도 적의 숫자는 줄어들지 않았다. 결국 나는 바퀴벌레와 휴전을 선언하고 게스트 하우스를 떠나기로 했다.

문득 체크아웃을 하면서 이런 생각이 들었다.

'바퀴벌레가 나보다 먼저 저 방을 쓰고 있었는데 너무했나?'

진작 다른 숙소로 이사 갈걸 그랬다.

발자국 넷, **중동**

가치 있는 패

이 세상에는 많은 이들이
좇고 있는 패보다
가치 있는 것이
너무나 많다.

내가 이집트에 있는 이유

이집트에서 레스토랑에 가면, 메뉴판 가격을 믿어선 안 된다.
일단 깎으면 바닥을 모르고 내려가는 것이 음식값이다.

이집트에서 택시를 타면, 미터기 요금을 믿어서는 안 된다.
피부색에 따라 미터기 가격이 달라진다. 역시 일단 깎으면 바닥을 모르고 내려간다.

이집트에서 물 한 병을 사려면, 가게에서 부르는 가격대로 사면 안 된다.
가게마다 물값이 다르기 때문에 일단 가격을 깎고 봐야 한다.

이집트에서 공원에 들어가려면, 삼각대도 관람을 하는지 입장료를 내야 한다.
여행하면서 많은 일을 겪었지만 사물에게 입장료 받는 건 처음이다.

이집트는 사계절이 뚜렷하다.
여름, 더운 여름, 진짜 더운 여름, 용광로 같은 여름……
오후 두 시엔 개들도 그늘에만 앉아 있다.

하지만,

이집트에는 트랜스포머가 기어오른 쿠푸 왕 피라미드가 5000여 년 동안 나를 기다리고 있다. 꿈속에서도 보기 힘든 쌍꺼풀이 매혹적인 낙타 두 마리와 함께 말이다.

진짜 모습

별을 손에 쥐면 이런 기분일까?

대한민국 광주 땅에서만 자라온 내게는

보물섬 이야기만큼이나 현실성 없던 것들.

북극곰, 남극 펭귄, 아프리카 사자, 끝없는 사막…….

무엇보다,

검고 어두운 줄로만 알았던 밤하늘의 진짜 모습.

가치 있는 패

여행을 하다 보면,

내가 자신하며 쥐고 있던 패가 얼마만큼의 가치를 가졌는지 알게 된다.

그리고 그것들이 결코 좋지만은 않은 패임을 알게 된다.

그리고 무엇보다도, 지금껏 내가 잘못된 게임을 하고 있었다는 것을 알

게 된다.

세상에는 많은 사람들이 좇고 있는 패보다 가치 있는 것이 너무나도

많다.

나중에는

처음에는
보다 쉬운 것,
보다 아름다운 것에
현혹된다.

하지만,
나중에는 모두들 의미 있는 것을 찾아 떠나더군.

시리아의 보물

시리아의 카페에는 여행자의 마음을 보듬어주는 무언가가 있다.

가판대에서부터 혹은 계산대에서부터,
여행자의 마음에 따뜻한 온기를 불어넣어 주는 무언가가 있다.

주스 한 잔에 반 잔을 더 주는 인심이라기보다는,
종일 웃음으로 맞이해 주는 따스한 얼굴이라기보다는,
형체 없이 마음을 울리는 무언가가 있다.

휴식의 필요성

나는 짠돌이가 아니다.
하지만 긴 여행은 나를 변하게 했다.

천 원을 아끼기 위해 에어컨 빵빵한 도미토리를 외면하고
50도의 뜨거운 열기와 동침해야하는 다락방으로 갔다.
미지근한 콜라를 목으로 넘기면서도
'이건 식도를 얼릴 만큼 차가운 아이스 아메리카노'라고 자기 암시를 걸었다.
이집트의 숨은 맛집을 발견해내겠다는 게 아니라,
단지 가격 때문에 간판 없는 음식점을 찾아 거리를 헤맸다.

어쩔 수 없었다.

하지만 나는 이 세 가지는 모르고 있었다.

나는 이집트의 태양이 그렇게 뜨거운지 몰랐다.
　동화 속 공주들이나 걸리는 줄 알았던 일사병이 나에게 찾아올 줄은
몰랐다.
　그리고…….
　입원비가 이백만 원이 나올 줄은 더더욱 몰랐다.

나는 셰프다

시리아에서 만난 혁이와 나는 지금 터키 마라시의 시골에 와 있다. 후세인이라는 현지인 친구의 집인데 이곳은 동서남북 어딜 둘러봐도 온통 노랗고 푸른 밭뿐이다.

시골이라 그런지 후세인의 집에는 일거리가 많았고, 얹혀 지내는 주제에 놀고먹기가 미안해서 일을 돕다보니 졸지에 외국인 노동자 신세가 돼서 하루의 대부분을 일로 보냈다. 아침을 먹을 때면, 온 가족이 함께 마호메드 할아버지 밭으로 나갔는데 그날 먹을거리를 직접 공수해와 먹었다.

다 익은 채소와 과일들만 따야 하지만, 이런 일이 익숙하지 않은 나의 바구니에는 덜 익어 하얀 토마토들이 항상 두세 개쯤 끼어있다. 분명 확인하고 땄는데……. 그걸 본 엘리프가 '네가 딴 건 네가 꼭 먹어야 된다.'며 눈총을 준다. 왠지 얄밉다. 나도 안다.

결국 난 아침시간에 불 지피기 당번이 되었다. 이 여름날 뜨거운 화로 앞에 앉아 불을 때고 있으니 눈물이 나온다. 서러워서 운 건 아니다. 물론 내 신세가 눈물이 날 만큼 처량하긴 하지만, 연기가 너무 매워 저절로 눈물이 주륵 떨어졌다.

육체노동과 함께한 아침인지라 밥맛이 꿀맛이다. 덜 익은 토마토는 빼고.

매번 식사 때마다 얻어먹기가 조금 민망해진 우리는 오늘 특별히 한국 음식을 대접하기로 했다. 소싯적 방랑 요리사가 꿈이었던 미스터 박이 주

방장을 맞고 요리 꽝인 난 잔심부름과 칼질을 담당했다.

그런데 좀 전까지만 해도 자신 있다던 미스터 Park. 낯빛이 좋지 않다. 터키에는 고추장이 없어서 제맛이 날지 모르겠다고 한다. 하지만 어떻게든 되겠지. 난 셰프를 믿는다. 나는 어차피 잔심부름이나 하고 요리에서는 한 발 뺐기 때문에 맛없어도 내 탓이 아니다.

우리가 선정한 메뉴는 닭볶음탕. 우선 필요한 재료를 적어 보았다.

사람 수가 많으니, 닭은 2마리가 필요하고, 감자, 양파, 후추, 고춧가루, 마늘, 소금, 설탕, 그리고 감칠맛 있는 육수를 내는 데 필요한 치킨스톡.

재료는 모두 마트에서 샀다. 문제는 고추장인데 박 셰프는 연금술사처럼 고뇌에 고뇌를 거듭하더니 온갖 잡다한 소스를 합쳐, 달착지근한 고추장맛과 비슷한 궁극의 마법의 소스를 만들어냈다.

결과는?

식탁에 앉은 지 얼마 되지 않아, 모두 깨끗이 비운 그릇들!

한국요리 찬양에 여념이 없다.

이거 이러다가 내일 또 만들어 달라는 건 아니겠지?

당신은 어떤 이야기를 가지고 있나요?

사람을 알아가는 것은 한 권의 책을 읽는 것과 같아서 표지만 보고서는 알 수가 없다.

어떤 이는 금색 표지를 가진 연습장일 수도 있고 어떤 이는 곰팡이 슨 표지를 가진 고전일 수도 있다.

어떤 이는 끝까지 충실한 책일 수도 있고 어떤 이는 기승까지 충실하다가 전결이 흐지부지 한 책일 수도 있다.

사람을 알아가는 것은 한 권의 책을 읽는 것과 같아서 마지막 장을 덮기 전에는 평을 할 수 없다.

환상이 되어버린 그곳

일요일 아침이면 엄마가 깨우지 않아도 눈 비비며 일어나 보곤 했던 만화영화 알라딘.

흥미진진한 내용도 내용이지만 이국적인 아랍의 모습은 어린 나이의 나를 환상 속으로 끌어들였다. 타잔은 줄이라도 있지 알라딘은 아랍의 건물 사이를 맨몸으로 날아다녔다.

하지만 지금 이곳 아부다비에는 더 이상 알라딘이 뛰어다니던 골목이 존재하지 않는다.

광활한 사막을 끈기와 인내로 걷던 낙타들의 자리에는 휘황한 외제차들이 들어차 있었고 우아하고 품위 있는 모스크양식의 건물들의 자리에는 초고층 빌딩들이 서있다.

이제 만화 속 알라딘은 어디서 추억해야 할까.

지니와 요술램프처럼,
아름답던 아랍의 모습이 옛이야기 속에나 남는 것은 아닌지 걱정스럽다.

발자국 다섯, **유럽**

It's not your fault

하나만 잃어버려도
큰일 나는 물건들인데,
한꺼번에 죄다
잃어버렸다.

여행

여권에 도장이 많이 찍혀있어도,

그것들이 내 여행을 설명해 줄 수는 없다.

어디를 갔고 무엇을 봤는지 누군가에게 말해도,

무엇을 배우고 어떤 것을 느꼈는지는 설명할 수 없는 것처럼.

노숙의 팁

밤 12시가 넘은 시간, 그리스 산토리니에 도착했다.

이온음료를 가득 부어놓은 것 같은 바다와 그 바다만큼이나 푸른 지붕 그리고 새하얀 벽돌이 먼저 떠오르는 이곳은 우리에게 한 이온음료(정말 유명한 음료인데 설명할 방법이 없네)의 광고로 익숙한 곳이다. 하지만 지금은 한밤중이라 여느 도시와 다를 것 없이 사방은 캄캄하고 고양이들만 눈을 밝히고 돌아다닐 뿐이었다.

처음 오는 도시에서는 잘 곳을 정하는 것이 항상 성가신 일이었는데,

이곳에서는 마침 국민대 UBF 팀과 안면을 익혀서 함께 노숙을 하기로 했다. 사실 여행 중에는 경비도 아낄 겸 노숙을 많이 하는 것 같았지만, 나는 이곳에 오기 전까지는 한 번도 노숙을 해본 적이 없다. 돈이 많은 것은 아니었지만 아프리카, 중동, 아시아 지역은 숙박비가 비싸도 우리 돈 1만 원을 넘는 일이 거의 없었기 때문에 굳이 위험을 무릅쓰면서까지 노숙을 할 필요가 없었다. 하지만 지금 나는 유럽에 있고, 이곳의 숙박비는 3만 원에 육박했다. 해가 뜰 때까지 5시간 정도만 버티면 3만 원을 아끼게 되는 것이다.

국민대 팀과 나까지 총 9명이서 피라마을 지도를 펼치고 노숙 장소를 물색했다. 모두가 지도를 보고 있지만, 팔락거리는 지도 소리만 들릴 뿐 아무도 말이 없다. 노숙을 즐기지 않는 우리가 지도를 보고 노숙할 만한 장소를 바로 찾는다면 그것이 더욱 이상한 일이긴 했다. 짧지 않은 고민의 시간이 흐르고 보니 노숙을 하기 위해서는 생각보다 고려할 것이 많다는 것을 알게 되었다. 무엇보다 안전한 곳이어야 했고, 날씨의 영향을 덜 받는 곳 그리고 무료로 이용할 화장실이 가까워야 했다.

우리가 처음으로 향한 곳은 인근에 있는 마을 병원이었다. 넓은 공터와 병원 입구를 지키는 경비 아저씨(물론 우리 같은 사람들이 못 들어오게 지키는 것이었지만)가 안전을 책임질 것 같았고, 병원 건물과 건물 사이에 있는 샛길은 마치 우리 9명이 눕는 것을 고려하고 만든 것만 같았다.

그래, 바로 이곳이다.

누가 먼저랄 것 없이 가방을 베고 누웠다. 여행이라는 것이, 이곳이 한국이었으면 처량해서 눈물이 났겠지만 그리스니까 웃음이 나더라. 남자들이야 그렇다고 쳐도 여자들도 재밌는 경험이라며 웃었다. 가벼운 웃음소리가 건물 벽을 타고 올라가고, 나는 가방을 베고 누워서 하늘을 보았다. 옷을 두껍게 입어서인지 아직까지는 그렇게 춥진 않았다. 건물 벽에 있는 실금을 따라 시선을 옮기는데 창문 밖을 내다보던 환자와 눈이 마주쳤다. 그리고는 환자가 사라졌다. 10분정도 흘렀을까. 병원 공터 저쪽에서 커다란 불빛이 흔들거리며 다가왔다. 경비원과 의사, 간호사들이 몰려와 신고하기 전에 나가란다. 우리는 연거푸 죄송하다고 말하며 서둘러 병원을 떠났다.

병원에서 나와 우체국을 살폈지만 9명이 누울 공간이 없었고 다음으로 들른 학교는 담장이 너무 높아서 들어가지도 못했다. 온 동네를 돌아다니다보니 벌써 새벽 2시가 넘었다. 춥고 배고프고 잠 오고…… 흔히들 말하는 거지의 3요소가 갖춰진 상태로 여기저기 두리번거리는데 저 멀리 공사 중인 2층 건물이 보였다. 처음에는 거들떠보지도 않았지만 이때는 벽과 지붕만 있으면 공중화장실에서라도 잘 수 있을 것 같았다. 들어가 보니 바다가 보여 전망도 제법 괜찮았다. 바닥에 떨어진 못을 치우고 자리를 잡고 누웠다. 그런데 전망이 좋다며 마냥 좋아라했던 바다 풍경이 큰 문제가 되어 돌아올 줄은 아무도 몰랐다. 바닷바람이 계속 분다. 폐활량이 무지 좋은 사람이 쉬지 않고 얼굴에 바람을 불어대는 것 같다. 이승철 같은 바다… 정말 밖으로 나가버리고 싶다.

눈은 감기는데 추워서 눈이 다시 떠진다. 20분간 바람과 잠이 사투를 벌였다. 결국 나는 자리를 털고 일어났다. 내가 일어나자 전부 눈치만 보고 있었는지 모든 시선이 나를 향한다. 그렇게 모두 아무 말 없이 일어나서 벽돌로 벽을 쌓고 나무토막을 긁어보아 불을 피웠다. 분명 계절은 여름인데, 우리는 모두 등산용 패딩을 껴입고 누웠다.

1시간이나 잤을까? 하늘이 점점 밝아오는 것 같더니 하늘 저쪽에 해가 떠오른다. 해가 내뿜는 광선이 얼마나 따뜻한 것인지 뼈저리게 느꼈다. 내 인생 가장 반가운 태양을 보며 잘 뜨이지 않는 눈을 비비며 일어났다.

이안마을에서 만났던 교감 선생님의 노숙 팁

배를 탔다면 선착장, 기차를 탔다면 기차역, 비행기를 탔다면 공항을 공략하라. 기본적으로 그런 곳은 24시간 개방이기 때문이다. 도심이라면 ATM기계 안을 공략하라. CCTV가 있어 도난 사고에 대한 걱정이 덜하다. 패스트푸드점 위치를 파악해 놓으면 화장실을 이용하기 편리하다.

우리는 이 팁을 이용해 보고자 산토리니에서 하룻밤 더 노숙을 했다. 이번엔 아늑한 선착장에서……

미켈란젤로의 탄탄한 기본기

같은 것을 봐도 아는 만큼만 보인다는 말이 맞다. 시스틴 성당에 도착했을 때 미켈란젤로가 그린 내부 그림들을 볼 생각에 미술을 전공하는 사람으로서 흥분하지 않을 수 없었다. 워낙 유명하여 어디에서든 한번쯤은 봤을 그림이기에 다른 사람들도 모두 기대를 가지고 볼 것이라고 생각한다. 하지만 기대가 너무 컸던 탓일까 막상 그림을 대하니 생각보다 그림이 좋지 않았다. 뭐 미켈란젤로는 전공이 조각이다 보니 그림 쪽은 좀 모자랐나 싶었지만 그래도 인류역사상 가장 위대한 천재 중의 한 사람으로 칭송받고 당대 최고의 미술인이었음을 생각하면 역시 실망을 감출 수 없었다. 이걸 보려고 여기까지 왔다니······.

그래도 기왕 왔으니 오디오가이드를 빌려 이어폰을 귀에 꽂고 그림을 하나하나 따라가 봤다. 내가 무식해서 가이드가 이렇다고 하면 '아, 이렇구나'하고, 저렇다고 하면 '아, 저렇구나'하는 것인지는 몰라도 가이드를 들으며 보니 아깐 그렇게도 초라해 보이던 그림들이 갑자기 위대해 보이기 시작했다. 그림 속 수많은 사람들의 손, 발짓 그리고 표정 하나까지 같은 게 없을뿐더러, 예수님의 얼굴은 누구를 본떠 그릴지 몸은 누구를 본떠 그릴지 얼마나 많은 고민의 시간을 가졌을지 와 닿았다. 그리고 가이드를 따라가다 보니 벽화마다 전부 의미가 있었다. 벽화 하나하나마다 각각의 서사를 가지고 있었다.

나는 천지창조와 최후의 심판을 보면서 미켈란젤로의 관찰력, 상상력,

또 성경적 지식에 감명받았다. 아마도 미켈란젤로는 조각상 하나, 그림 하나를 완성하기 위해 수많은 책을 읽고 경험을 쌓으며 안목을 기르고 기도도 많이 했을 것이다. 눈에 보이는 작업을 시작하기 전에 보이지 않는 작업, 작품의 큰 틀을 구상하는 것에 깊이 몰두했을 것이다. 구상이라는 것은 곧 작가 내면의 깊이가 반영 되는 것이라 연습을 할 수가 없다. 그림을 그리는 기술은 연습으로 좋아질 수 있겠지만 그림에 담아낼 사유를 담기 위한 구상은 연습만으로는 좋아질 수 없다. 평소에 작가가 인식하고 반응하는 세계의 깊이가 구상에 담기는 것이다. 도심의 박물관이나 미술관에서 볼 수 있는 르네상스 시대의 작품 수준은 엄청나다. 그중에서도 미켈란젤로가 천재로 떠받들어지는 것은 눈에 보이지 않는 치열한 고민들과 경험들 때문이라고 생각한다.

결국 꿈꾸는 것에 가까워지기 위해서는 거목의 뿌리처럼 단단하고 치밀한 기본이 있어야 하는 게 아닐까 생각한다.

It's not your fault

6개월 동안의 내 노력과 땀방울이 담긴 추억이 고스란히 기록된 카메라와 넷북. 세계 어느 곳에서든 내가 대한민국 국적을 가진 정양권임을 증명해주는 신분증명서인 여권. 한국에 있는 내 통장과 타지에 있는 나를 연결해 주는 체크카드와 어제 갓 뽑은 유로가 가득한 내 지갑. 내일모레가 출발 날짜인 아이슬란드행 페이퍼티켓.

모두 잃어버렸다. 그중 하나만 잃어버려도 큰일 나는 물건들인데, 한꺼번에 죄다 잃어버렸다. 세상에서 가장 안전하다고 소문난 스위스에서 말이다.

이제 남은 것이라곤 호주머니에 들어있던 유레일패스(4번 탑승 기회가 남은). 그리고 다른 호주머니에 들어있던 몇 푼 안 되는 비상금이 전부다. 감당 안 되는 일이 일어나자 계속 웃음만 나온다. 허탈하게 웃으며 경찰서로 향한다. 한국에 갈 때가 된 건가? 잃어버린 모든 것들을 복구시킬 자신도 없고 사진 같은 건 아예 복구가 불가능하다. 경찰서에 가는 내내 짐을 찾지 못하면 한국에 가야겠다고 생각했다. 그것 외에는 아무것도 생각나지 않았다.

그렇게 경찰서에 도착해서 우연히 캐서린 아주머니를 알게 됐다. 그녀는 생판 처음 보는 외국인인 나를 위로해준다.

"It's not your fault."

이번 주에만 내가 묵고 있던 호스텔에서 3건의 도난사건이 발생했다고 한다. 캐서린 아주머니는 나에게 운이 안 좋았던 것뿐이니 자책하지 말라며 쪽지 하나를 건네준다.

아주머니의 쪽지를 받아들자 조금 힘이 난다. 그래서 하는 데까지 해보자는 마음이 생기기 시작한다. 일단 여권을 만들기 위해 스위스 베른에 위치한 한국 대사관으로 향한다. 우연인지 베른행 기차 옆자리에 한국에서 온 여대생 배낭 여행객들이 앉았다. 간략하게나마 내 사정을 듣더니 꼭 힘내서 브라질까지 완주했으면 좋겠다고 위로를 해준다. 지금 한국에 가기엔 너무 아쉽다며.

베른에 내렸지만 한국 대사관 찾는 일이 쉽지가 않다. 물어물어 발품 팔아가며 어렵사리 대사관을 찾았다. 캐서린 아주머니와 배낭 여행객들의 위로가 마음에 적지 않은 힘이 되었는지 전자여권을 만들어달라며 떼를 써본다. 하지만 아쉽게도 기계가 없단다. 대신 페이지 수가 얼마 안 되는 일반여권을 받는 걸로 만족한다. 남은 기간 동안 꽤 많은 도장이 찍힐 텐데 이 여권이 다 감당할 수 있을지 걱정이 된다. 일단 급한 불을 끄고 대사관을 나서는데 이곳에서 근무하시는 아저씨가 또 '파이팅'을 외쳐 주신다. 여권 잃어버리고 남은 여행을 계속하는 사람을 본 건 내가 처음이라고 하신다.

머나먼 타국 땅에서 하루 동안 참 많은 분들이 아껴주시고 위로해주시고 힘을 주시고 쓰다듬어주시고 보듬어주시고 사랑해 주시고 관심을 주

셨다. 누군가 힘들 때 나도 그분들처럼 진실한 마음으로 힘내라고 해줬던
적이 있었나하고 돌아보니 더욱더 감사한 마음이 들었다.

염치 불고하고 경찰서에서 만났던 캐서린 아주머니께 전화를 드린다.
아주머니는 감사하게도 저녁이 다 됐으니 어서 오라고 하신다.

짐을 잃어버리는 사람들의 마음을 받게 되는구나 싶기도 하고 여러모
로 싱숭생숭한 날이다. 여러 사람에게 위로 받은 만큼 감사한 마음을 가지
고 어떻게든 끝까지 여행을 이어가야겠다.

지오또의 종탑

두오모 성당을 돌고 나자 성당 부속 건물로 추정되는 높디높은 타워가 내 앞을 막아섰다. 타워 안에 뭔가 볼만한 게 있는 듯 사람들이 줄지어 있었다. 나는 여행자의 본분을 다하기 위하여 줄에 합류했다. 잠시 뒤 입장료가 있다는 사실을 알게 됐는데, 6유로나 했다. 깃털 같은 지갑 사정 때문에 힘든 결단을 내리고 타워 안으로 들어섰다. 분명히 6유로의 값어치를 할 만한 것이 있을 테니까.

타워에는 엘리베이터가 없었다. 다만 끝이 없을 것 같은 계단과 어째 올라갈수록 무미건조하게 변하는 창밖 풍경이 있었다. 나는 마음 한구석에 조바심을 느끼면서도 무언가에 홀린 것처럼 끊임없이 계단을 올랐다. 이 계단을 오르는 모든 사람들이 서로를 속이고 서로에게 속으며 올라간 것 같다. 많은 사람이 오르니 무언가 있겠지. 적막한 계단에 비처럼 쏟아지는 발걸음 소리만이 울린다. 앞뒤에 빼곡히 들어찬 머리통들은 나에게 불안감을 주는 동시에 안도감을 주었다. 이내 계단이 끝을 보이기 시작했다. 이제 나는 곧 6유로의 값어치를 만날 수 있을 것이다.

……

계단의 끝의 광경은 실로 엄청났다.

관리인이 CCTV를 보고, 보고 또 보고 있다. 나는 CCTV를 보는 관리인의 심정으로 관리인을 바라본다. 탑의 꼭대기에는 CCTV를 보는 관리인, 시멘트벽 그리고 수많은 이가 남기고 간 허무함이 있었다. 벽을 수놓은 아름다운 그림도 없었고 가슴 탁 트이는 시원한 경치도 없었다. 그저 CCTV를 보는 관리인뿐이었다. 나는 6유로를 잃었고 가볍게 허벅지를 죄는 근육통과 짜증을 얻었다. 방향을 제대로 잡지 못하면 땀도 나를 배신하는구나. 내 인생의 끝에도 이런 풍경이 있을까 봐 덜컥 겁이 났다. 나는 사실 별것도 아닌 것에 홀려서 노력하고 집착하는 것은 아닌가. 눈앞에 들어오는 풍경이 너무 절망적이니 머릿속이 복잡해졌다. 환불할 곳을 찾아봐야겠다.

나를 알아가는 즐거움

나는 여유로운 거리에 앉아서도 차를 여유롭게 마시지 못한다.

나는 할 일 없이 예쁜 공원을 산책할 때도 다음 약속이 있는 것처럼 급하게 걷는다.

나는 혼자 음식을 먹을 때면 그렇지 않은 척 남들의 시선을 의식한다.

나는 작은 호의에도 쉽게 행복해 진다.

나는 보는 것도 먹는 것도 입는 것에도 욕심이 많다.

나는 추위를 잘 탄다.

하지만 더위는 더 잘 탄다.

나는 남보다 조금 튀길 원한다.

그래서 나는 나만의 여행을 원한다.

그런데 나는 어느새 남들과 같은 여행을 하고 있다.

나는 내 생각보다 인생의 굴곡이 별로 없다.

나는 수줍음이 많다.

나는 여행을 떠나오기 전까지 나를 잘 모르고 있었다.

단아함의 결정체, 헬싱키 성당

단아함과 절제미가 동시에 잘 어우러진

헬싱키 성당.

이토록 담백한 디자인은 여태껏 보지 못했다.

화려한 멋은 없지만 지나친 아름다움도 없어 계속 봐도 질리지 않는다.

마치 짜지도 싱겁지도 않게 재료 본연의 맛을 뽐내는

맛깔난 음식 같았다.

처음 핀란드에 도착했을 때

공공디자인 하면 전 세계에서 으뜸으로 손꼽히는 국가라

큰 기대를 하고 발걸음을 내디뎠던 게 사실이다.

하지만 사진에 담을 만큼 특별하고 독특한 디자인은 없었다.

실망이 컸지만 조용한 카페에서 커피 한 잔을 마시며 곰곰이 생각해보니 지금까지 'Good design'에 대해 잘못 생각해온 건 아닐까 하는 생각이 문득 스쳤다.

좋은 디자인은 개성 강한 디자인이 아닌

있는 듯 없는 듯, 너무 튀지도 지루하지도 않고

삶과 밀접하게 연관되어 의식조차 하지 못하는 그런 디자인이라는 생각이 든다.

그리고 헬싱키 성당을 보자 내 생각은 더욱 확실해졌다.

절제되고 단아한 디자인이 이토록 아름다울 수 있다니.

핀란드 디자인은 담백함이 특징 아닐까?

핀란드에 푹 빠져버린 것 같다.

에펠탑

에펠탑을 감상하기에 앞서 우리는 몸과 마음을 정갈하게 하고 와인샵에 들렀다. 와인 맛도 모르는 주제에 아무거나 마시면 될 것을 굳이 점원 말을 귀동냥한다. 만 원짜리나 십만 원짜리나 쓰고 떫은맛은 매한가지일 텐데 가격이 천차만별이었고 우리가 찜한 것도 가격이 상당히 나간다.

지를까 말까…….

장소가 장소인지라 조금 가격이 나가는 와인이 탐이 나는데 주머니 사정이 넉넉하지 않다. 와인은 역시 분위기발이라며 애써 스스로를 위로하고 어제도 샀던 가장 저렴한 와인을 한 병 사가지고는 나온다.

가게를 나와 5분정도 걸었을까. 생각해 보니 오프너를 숙소에 두고 왔다. 결국 환불. 그리고 인근 슈퍼마켓에 들러 맥주 한 캔씩을 샀다.

에펠탑이 보이는 공원에 도착했다. 어깨에 지고 온 삼각대를 설치하고 분주하게 세팅에 들어간다. 눈으로는 에펠탑을 본체만체하고 뷰파인더로만 에펠탑을 본다. 누가 보면 마치 눈앞에 아이유가 있는데 핸드폰으로 찍느라 실물은 본체만체하고 핸드폰 액정만 뚫어져라 보는 놈처럼 보였을 것이다. 하지만 이때 나는 사진을 찍느라 정신이 없었으므로 그런 사실을 몰랐다. 삼각대도 흔들리고 날씨도 흐려서 사진이 잘 안 찍히는데 같이 온

형들은 뭐하나 싶어 뒤를 돌아봤다. 신선들이 따로 없었다. 계단에 빨래처럼 여기저기 쳐져서는 맥주와 자신과 에펠탑이 삼위일체가 된 것 같은 표정으로 야경을 보고 있었다.

아… 나 뭐한 거지?

부랴부랴 삼각대를 정리하고 계단으로 뛰어간다.
이야, 에펠탑이 좋긴 좋구나.

무엇을 보러 왔는가?

성당 안을 분주히 돌아다니는 수많은 사람들.

노트르담을 사진에 담기에 바쁜 우리들.

문득 자문해 본다.

우린 노트르담을 보러 온 걸까?

노르트담의 사진을 담으러 온 걸까?

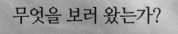

솔직해지기

벌써 여행이 7개월째에 접어들었다. 여행을 계속하면서 블로그와 사진에 집착하는 자신을 발견하게 된다. 내가 느낀 것보다 남들에게 보여 줄 것을 생각하는 여행을 하다 보니 여행이 점점 가식적이 되어가는 건 아닌가 싶다. 아무래도 남들이 인정을 해줘야 좋은 여행을 하고 있는 것 같은 기분이 드는 건 어쩔 수 없나 보다. 여행의 주체는 나인데, 내가 보고 느끼는 것보다 남들에게 보여주는 것들에 마음을 쓰다 보니 여행이 점점 망가지고 있었다. 남들이 추천한 곳, 커다랗고 아름다운 곳들 위주로 다니기 급급하고 여행의 대부분을 차지하는 일상의 거리와 여행 중에 만난 친구들과의 시간에 소홀해지고 있었다. 마치 1시간의 행복을 위해서 23시간을 불행하게 지내는 사람처럼.

여행자들과의 단출하지만 진심이 담긴 생일 파티. 마음이 맞는 사람들과 함께하는 아침식사. 객지에서 하루라도 편히 보내라고 노력해 주시는 민박집 사장님들. 작품성과는 거리가 멀지만 여행의 추억과 일화들이 담겨있는 여행자들의 사진. 명소들에 있는 짧은 시간을 제외한 일상적인 시간들이 곧 나의 여행이라는 것을 이제 느끼기 시작한다.

내 일기가 내일부터 다시 솔직해지기를 바란다. 가식적이지 않고 과장되지 않은 담백한 글과 사진들로 채워졌으면 좋겠다.

소소한 일상들로 가득한 담백한 여행이 되기를 진심으로 기도한다.

좋은 선생님

로마 여행길에 만난 한 교사의 이야기다.

사람은 각자의 재능을 타고난다. 자신의 재능을 찾은 경우는 다행이지만 그렇지 못한 경우도 있다. 그래서 어떤 사람은 자신의 재능과 관련 없는 분야에서 땀을 흘리게 된다. 재능이 있는 사람이 1년 노력하면 될 것은 재능이 없는 사람은 10년이 넘게 노력해야 이룰 수 있기도 하다. 하지만 재능이 없는 것이 언제나 나쁜 것은 아니라고 생각한다. 여행하며 많은 일들을 겪으면서 더더욱 확신하게 됐다. 차를 타고 빠르게 달리는 것보다 천천히 걷는 것이 주변을 살피기 좋은 것처럼 느리게 배운 사람은 그 배움의 깊이가 깊다. 아마 자신의 배움을 전수해 주는 선생님의 역할을 한다면 느리게 배운 사람이 더욱 좋은 선생님이 될 것이다. 모든 것에는 장점만 있지 않듯이 단점만 있는 것도 없다.

쿠키 몬스터

　　김신영이 부른 'Money'의 유튜브 조회 수가 어마어마하다는 것은 알
고 있었다. 광란의 에너지를 뿜어내는 영상이라 나도 꼭 한 번쯤 도전해 보
고 싶은 영상이었는데, 스페인 친구 조르디가 그 영상을 좋아한단다. 한국
에서 왔다고 하니 대뜸 그 이야기부터 꺼내더라. 왠지 모르게 조금 얼굴이
달아올랐다.

　　신세 진 지 4일째에 조르디는 특별한 것을 보여주겠다며 내 손을 끌고
후미진 골목 안으로 들어갔다. 골목이 너무 후미져서 4일 치 방값을 내 장

기로 받으려나 하는 의심을 잠깐 했지만 도착한 곳은 아늑한 밴드 연습실
이었다. 직업이 엔지니어라고 들었는데 내가 잘못 들었나? 아, 한 달에 30만
원 정도 하는 연습실 임대료를 다른 밴드와 함께 내며 취미생활을 즐긴단
다. 조르디는 나를 구석에 앉혀 놓고 기타 튜닝을 한 후 자작곡을 연주한
다. 혹시 나한테 고백이라도 하려나 싶어 조마조마한 와중에 친구가 하나
더 들어온다. 일렉기타리스트인 그레이스라고 자신을 소개한다. 본업은 그
래픽 디자이너, 하지만 초등학교 때부터 기타 연주를 해온 베테랑 기타리
스트라고.

 곧이어 한국인 맞이 특별 공연이 시작된다. 아쉽게도 보컬은 부재중이
라 이 친구들의 육성을 마음껏 들었다. 헤비메탈이라니...록도 생소한 마

당에 헤비메탈이라니……. 그런데 진짜로 신 난다. 이래서 음악은 현장에서 들어야 하나 보다. 앰프에서 내 고막을 찢어 버릴 듯이 뿜어져 나오는 일렉기타 소리가 심장을 간질거린다. 신들린 표정으로 연주를 하는 친구들을 보니 나까지 덩달아 신이 난다. 모르는 노래임에도 '푸쳐핸접'하고 일어나서 따라 부르기 시작한다. 관중이 더 있었다면 거나하게 슬램 한 판 돌았을 분위기인데 혼자라서 아쉽다. 3곡쯤 연주 했을까 조르디가 구석에 있는 박스를 뒤적뒤적하더니 씩 웃으며 검정 천 쪼가리를 하나 건넨다. 뭐 땀 닦으라고? 펼쳐 보니 '쿠키 몬스터'라고 마킹된 티셔츠다. 밴드 단체복이란다. 팬심으로 웃통을 벗고 갈아입어 준다. 티셔츠를 입은 내 모습을 흐뭇하게 보던 조르디는 나에게 2달 뒤에 있을 콘서트 홍보를 한다. 하지만, 누구보다 살인적인 내 여행 일정을 잘 알고 있는지라 한편으로는 아쉬운 기색을 보인다. 물론 나도 정말 아쉬웠다. 다음을 기약하긴 했지만 그다음이 올지 안 올지 몰랐다. 의기소침해지는 분위기를 반전시키기 위해 파이팅을 외쳤다.

보통 직업을 가지면 취미가 있다가도 사라질 판인데 이 친구들은 깔끔하고 화끈하게 취미 생활을 즐겼다. 자신의 여자친구가 헤비메탈을 싫어하고 또 그다지 대중적이라고 할 수는 없는 장르라 인기가 별로 없는데도 남의 눈치를 보지 않고 자기 좋은 대로 산다는 것이 멋져보였다. 그렇다고 자기 일상에 충실하지 않은 것도 아니고.

귀가 얇은 나에게 이 친구들의 생활은 엄청난 자극으로 다가왔다. 그래서 귀국하는 날 한국에서 나만의 사진전을 열 생각을 해본다. 남들이 이것도 사진이냐고 욕할 수도 있다.

까짓것, 인생 뭐 별거 있나. 나만 최선을 다해서 찍었으면 되지.

이거 하난 조르디에게 제대로 배웠다.

발자국 여섯, **남아메리카**

비움

이 세상에서
내 손에 쥘 수 있는 것은
한정되어 있다.

들리나요?

귀 기울여 들어 보면
어디선가 들려오는 그리운 소리.

이제는 물에 젖는 즐거움보다는 옷이 젖는 것을 먼저 걱정하는 나.

당장이라도 체면 버리고 물속으로 뛰어들면 그만인데,
26년 사이에 내 안의 장난꾼 아이가 겁 많은 어른으로 자랐는지 용기
가 나질 않는다.

플라스틱 아일랜드

이슬라무헤레스에는 특별한 섬이 있다.

얼핏 보면 특별해 보일 것 없는 섬이지만 섬을 지탱하는 건 다름 아닌
플라스틱 페트병.

보이지 않는 바닷속에서 수만 개의 페트병이 얽히고설켜 섬을 떠받들
고 있다.

그래서 사람들은 이곳을 플라스틱 아일랜드라고 부른다.

어린왕자의 별처럼 작은 섬 위에는 아담한 2층 단독주택이 있고, 안에는 센스 있는 집주인 리차드가 손님이 오길 기다리고 있다. (지금은 게스트하우스로 운영 중이다.)

비록 플라스틱으로 만들어진 섬이지만, 환경 보호 운동의 일환으로 섬의 곳곳에 여러 식물들을 기르고 있었고, 간단한 커피와 차는 태양열 발전기로 해결하였으며 운동하기 위해 만든 역기 역시 플라스틱 병으로 만들었다.

세계 여러 신문사나 방송국에 인터뷰경험이 있고 한국 방송에도 나온 적이 있다고 했지만, 아쉽게도 방송에서 그를 보진 못했다.

　크진 않지만 집을 띄울 정도의 섬을 혼자 힘으로 만드는 일이 쉽지만은 않았을 것이다.

　실제로 리차드가 섬을 만드는 것이 순탄하지만은 않았다고 한다. 플라스틱으로 섬을 만들겠다는 이야기에 그를 바보취급하고 수군거리는 사람들이 많았다고 한다. 하지만 그들의 시선에 아랑곳 않고 페트병을 하나둘 모아 결국 자신만의 섬을 만들었다.

　역시 묵묵히 한 방향으로 걸어가는 것이 꿈으로 가는 지름길인 것 같다.

행복한 남자

행복한 남자가 말했다.

다른 이들로부터 내가 가지고 있지 않은 걸 찾을 때, 불행은 너를 찾아
간다.

하지만 네게서 다른 이들에게 없는 걸 찾는 순간, 행복은 언제나 그곳
에 있었던 것처럼 너를 반길 것이다.

고마워! 돌산 친구들!

포토시 근처에 있는 온천을 찾아 무명의 돌산을 오르기 시작했다. 각국을 돌아다니며 잃어버린 물건도 많지만 내 멍청함만큼은 관 뚜껑을 덮는 순간까지 나를 따라다닐 작정인가 보다. 산행을 하는데 스펀지로 된 슬리퍼를 신고 오다니. 게다가 가방은 무겁고 이름 없는 돌산이라 등산로도 없다. 2시간 정도는 그나마 걸을 만한 길이었는데 갑자기 가파른 절벽이 나오기 시작하더니 곧이어 끝판왕처럼 가시밭길이 나타났다. 말로만 듣던 가시밭길을 맨발로 걷게 될 줄이야. 신발은 삼십 분도 못 버티고 끊어져 버렸고 내 정신줄도 함께 끊어졌다. 사요나라 내 정신. 조심조심 세 시간을 걷자 눈앞에 온천이 나왔다. 왜 온천이 이딴 곳에 있담. 원래 이런 곳에 있나? 온천에 가봤어야 알지.

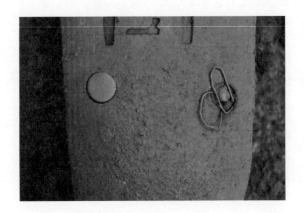

원래는 가기 쉬운 길이 있지만 멍청하게 입구의 반대 방향에서 출발해 석가모니가 고행하듯 오게 된 포토시 온천. 하지만 그 어떤 산행보다 기억에 남는다. 혼자가 아니라 친구들과 함께여서 가능했던 산행이었기 때문이다.

생각해 보면 코찔찔이 꼬마처럼 여기저기에서 보살핌을 많이 받았다. 내가 산행이 뒤처지자, 내 무거운 가방을 들어준다고 나를 겁박한 Rodrigo, 가시에 찔려 고슴도치가 된 내 슬리퍼의 가시를 자기 신발인 것처럼 뽑아 준 Luane, 상대적으로 뒤처진 내가 불안했는지 옆에서 보디가드와 가이드 역할을 해준 Alejandeo, 중간에 슬리퍼 끈이 끊어져 난감해했을 때, 비호처럼 날아와 머리핀으로 응급조치를 해준 Lais.

하지만 내가 친구들에게 해줄 수 있었던 건 진심을 담은 사진을 찍어주는 일뿐이었다.

이 자리를 빌려 보듬어 주시고 아껴 주시고 살펴 주시고 끌어 주시고 북돋아 주시고 응원해 주신 돌산 친구들에게 정말 고맙다는 말을 전하고 싶다.

이기적인 생각

혼자 있을 때는 둘이 그립고
둘일 때면 혼자가 그립다.

그때 그 시절 그 사람들

쿠스코에서 구입한 책자와 함께 함께 마추픽추를 구석구석 보고 있는 우리들에게 한 할아버지가 말씀하셨다.

'눈앞에 마추픽추를 두고 책을 보는 어리석음을 범하지 마라. 가슴으로 느낄 마추픽추가 네 앞에 있다. 지금 네가 느끼는 그대로를 상상하라. 신 이외에는 마추픽추에 살았던 잉카인들을 완전히 아는 이는 없으니.'

그래, 책에는 후세 사람들의 추측과 설이 담겨 있을 뿐이다.

역사는 승자에 의해 작성되어, 많은 진실들이 은폐되고 왜곡되기 마련이라, 불가사의 유적들도 발명가나 저명한 교수들의 입씨름에 놀아날 뿐이다.

그들도 우리도 진실은 모른다. 그저 가장 좋은 건, 마추픽추를 온전히 내 가슴으로 느끼는 것 뿐.

감사합니다

든 자리는 몰라도 난 자리는 안다고, 보살펴 주시는 분들이 곁에 안 계시니 그동안 신세 끼치고 살았던 분들에게 감사하는 마음이 생긴다.

혼자 음식을 해먹다가 문득 어머니께서 잘나지도 않은 아들 물심양면으로 배불리시느라고 고생하신 일들이 떠올라 마음이 짠해졌다. 해 드린 것도 없는데 자식이라는 이유로 싫은 내색 한 번 없이 해 주신 모든 것들. 어머니께서 베풀어 주신 사랑을 배로 보답해 드려야겠다고 생각했다.

여행 중 외롭고 두려울 때는 친구들에 대한 고마움이 생겼다. 이십 대 초반, 재수생 사정으로 남들보다 불투명한 미래 때문에 고민이 많았던 시절을 함께 보낸 친구들이기에 이렇게 두려워질 때 생각나는 것 같다. 내 앞길에 대한 확신이 없으니 그때는 친구들이 놀자고 하면 시무룩해지고 짜증이 났었다. 심지어는 친구들에게 '너희들을 내 머릿속에서 모두 지우고 싶다'는 심한 말까지 했었다. 하지만 내 그런 태도에도 매번 놀자고 청해주고 아직도 내 옆자리를 지켜준 친구들에게 고맙다. 오늘처럼 외롭고 두려운 날에는 더욱.

난생처음으로 강단에 서 보았다. 수업을 듣는 학생들에게, 그리고 고민이 많은 이들에게 좀 더 방향을 제시하고 용기와 희망을 주는 일은 결코 쉬운 일이 아니었다. 내게 항상 진심으로 응원과 격려를 아끼지 않았던 김현철 선생님과 강성곤 교수님, 한갑수 교수님. 교수님들께서도 어리석은 나를 보시면서 참 갑갑하셨겠지. 이제 보답하는 일만 남았다.

내가 기운이 빠져 비틀거릴 때, 내게 손을 내밀어 주던 분들이 있었기에 지금의 내가 있음을, 2010년의 마지막 밤을 보낼 때쯤 비로소 알게 되었다.

이제야 알게 돼서 부끄럽지만 진심으로 감사할 일이다.

선상에서의 대화

오늘 한 외국인 친구로부터 이런 말을 들었다.

'한국은 외국 여행객들을 맞을 준비가 아직 되어 있지 않다.'

한국어만 표기되어 있는 표지판이 많아 여행하는 데에 불편한 점이 많다. 투어 시스템의 체계가 아직 미흡하다. 세계에 내놓을 만한 아름다운 비경이 없다. 등등 여러 가지 말이 많았다. 비경이 없다는 것 빼고는 구구절절 맞는 말이긴 한데, 중요한 건 이 친구는 아직 한국 여행을 해 보질 않았다. 장난하나 지금.

그리고 또 어떤 미국인은 한국을 이렇게 표현했다.

'썩어빠진 정부 아래 경제 성장을 꾸준히 하는 특이한 나라'

뭐, 딱히 틀린 말은 아니지만 그 말을 듣는데 썩 기분이 좋진 않았다. 그래서 그저 웃으면서 한 소리 했다.

당신 나라는 안녕하시고?

비움

외국인 친구도 사귀고 싶었고,

영어도 곧잘 하고 싶었고,

이왕이면 여권을 스탬프로 알록달록 채우고 싶었으며,

남들이 가는 곳 한 번씩 가보고 싶었다.

그리고 세계 일주 네 글자를 이력서에 적어보고자 했다.

그래서 1년여간 5대륙 38개국을 돈다는 무리한 계획을 세웠다.

계획이야 어찌 됐든 무언가 한가득 채우기 위해 여행을 시작했다.

그리고 이것저것 잡히는 건 모조리 다 잡으려 했다.

하지만 10개월쯤 돼서야 느끼기 시작했다.

쥐기만 하는 손으로 잡을 수 있는 것은 한정되어 있다는 것을.

하물며 가위바위보 게임에서도

주먹은 보 앞에 얼굴조차 들이밀지 못하지 않는가.

이제 두 손에 힘을 풀고 나를 향해 오는 것들을 두 팔 벌려 안아 줘야지.

오늘부터는 욕심을 버리는 연습을 해야겠다.

광부, 그들의 삶

밤인지 낮인지조차 알 수 없는 칠흑 같은 어둠 속에서,

얼굴 없는 그들이 먼지와 함께하다 죽어간다.

휴일도 없이 독가스를 마시고 피를 토해도,

주머니 속 가족사진을 손에 한 번 쥐며 이 힘한 일을 쉽게 놓지 못한다.

하루 최소 노동시간은 8시간,

하지만 최대 노동시간은 없다.

12살 꼬마부터 서른 줄 장년들까지,

몸집은 다르지만 얼굴은 모두 검은 그들.

그중 드릴러들은 대부분은 40세를 넘기지 못한다.

매일 독가스를 마시고 매일 피를 토하며

동료를 살리기 위해 얼굴에 소변을 뿌린다.

깜깜한 어둠속에서 그보다 어두운 현실을 헤쳐 가는 사람들.

그들이 광부다.

여행 통계학

빅토리아 폭포에서 번지점프 했을 때, 폭포 안에 헤엄치고 있는 물고기를 볼 확률: 0%

여행에서 만난 친구 엄마와 결혼할 확률: 0.001%

강도를 만났는데, 그 강도를 제압할 확률: 1%

킬리만자로 꼭대기에서 눈사람을 만들 확률: 2%

B사의 흰색 면 속옷을 입을 확률: 3%

흑인 친구 얼굴에 선크림을 발라줄 확률: 4%

사막에서 오아시스를 찾을 확률: 5%

중동 사람의 나이를 한 번에 맞힐 확률: 6%

여행 도중 깔끔하다는 소리를 들을 확률: 7%

흰 티셔츠를 좋아할 확률: 8%

영국에서 신사 만날 확률: 9%

덩치 큰 흑인 상인에게 기념품을 하나 샀는데, 덤으로 하나 더 받을 확률: 11%

비 올 때 우산 쓸 확률: 13%

길에서 자다가 떨어진 동전을 발견할 확률: 21%

길 찾을 때 마음에 드는 이성한테 다가가 물어볼 확률: 46%

상대방 생각을 표정 보고 눈치챌 확률: 63%

본의 아니게 상황 대처 능력이 높아질 확률: 79%

남자라고 선크림 안 챙겨 왔다가, 얼마 안 돼 현지에서 구매할 확률: 81%

낯선 사람에게 말 걸 용기가 생길 확률: 83%

하루에 지갑(귀중품)을 10번 이상 확인해 볼 확률: 92%

육감적인 몸매를 지닌 남미 여성을 보고 스페인어를 더 열심히 공부 할 확률: 99%

'난 참 행복한 놈'이라고 생각할 확률: 100%

원동력

축복받은 성량도 아니고
현란한 테크닉도 아니고
맵시 있는 문체도 아니다.

마음을 움직이는 것은
투박하지만 진심을 담은 메시지다.

쫄지 말자

퓨마는 자신을 두려워하는 사람을 본능적으로 구별해 낸다. 퓨마 앞에 섰다면 최대한 태연한 척해야 한다. 그렇지 않으면 퓨마가 당신의 얼굴로 덤벼들 테니. 퓨마와 장난을 치다 허벅지를 물렸을 때도 두려워하는 기색을 보이면, 장난기가 사라지고 맹수가 되어 나를 공격한다. 설령 물렸다 하더라도 여유로운 척 대처하면 상황은 싱겁게 끝난다. 물론 허벅지에 피멍이야 남겠지만. 그렇게 당당하게 퓨마를 대한다면 금방 친구가 될 수 있다.

살아가는 데에도,
자기의 커다란 꿈에 두려워하지 않고 당당하게 맞선다면
그 꿈과의 거리도 서서히 좁혀질 것이다.

세상엔 쉬운 일도 없지만, 생각보다 어려운 일도 없다.
쫄지 않고, 당당하게 맞선다면 말이다.

타이타닉 코스프레

초침 소리까지 선명히 들리는 새벽 세 시.

선실이 굉음과 함께 요동친다. 숙면 중이던 승객들은 얼굴 한가득 잠을 담은 채 일어나 서로의 얼굴을 바라본다. 하지만 그들이 볼 수 있는 것은 상대방의 얼굴에 담긴 근심뿐이었다. 선실의 사람들이 웅성대기 시작한다. 곧 스피커에서 나온 한줄기 음성이 선실의 소란 사이를 비집고 들어온다.

"긴급 상황이 발생하였으니, 중요한 물품을 챙긴 가방 하나를 가지고, 모두 갑판 위로 모여 주십시오."

군중이 내뿜는 불안감이 선실의 공기를 팽팽하게 조인다. 모두 한마디 말도 없이 자신의 귀중품을 챙기기 시작한다. 입 밖으로 짧은 소리 한마디라도 냈다간 배가 당장 가라앉기라도 할 것처럼.

나 역시 조용히 가방을 뒤적이기 시작한다. 귀중한 것만 챙긴 가방인데 여기서 어떻게 물건을 한 번 더 걸러 낸단 말인가. 고민하는 사이 사람들이 하나둘 갑판으로 나가기 시작한다. 조바심이 난다. 그러자 배낭 안 물건들의 중요도가 확연히 구분된다. 가방에 이번 여행 사진과 일기장이 남아 있는 노트북, 내 몸과 같은 카메라, 그리고 성경책을 챙긴다. 나머지 짐들은

없어도 그만이다. 룸메이트 Tommy가 재촉하는 눈빛으로 나를 본다.

갑판에서는 직원들이 구명조끼를 나눠주고 있었고, 이미 구명조끼를 입고 있는 승객들을 보자 실감이 나기 시작한다. 이 와중에 영화 타이타닉 침몰 장면이 오버랩 된다.

참, 살다 보니 별일을 다 겪는구나.

사람들 틈에 껴서 들어본 결과, 배가 조그마한 섬 하나와 충돌을 했다고 한다.

사람들이 생각보다 침착하다. 이런 일이 있으면 아수라장이 될 줄 알았는데 말이다. 하지만 누군가 한 명이라도 흥분하기 시작하면 걷잡을 수 없이 번질 것이다. 파도 소리가 유독 크게 들린다.

그때 한 직원이 뛰어 올라온다.

"지금 선박 내외부의 피해상황을 수색하고 있는 중이지만, 별다른 피해 소식은 전해지지 않네요."

얼마 되지 않아 장난기 섞인 스피커 음이 들린다.

"다이닝룸에 커피를 준비해놓았으니, 드실 분은 드시고, 다시 선실로 들어가 잠을 청하셔도 무관합니다."

그제야 모두들 긴장이 풀렸는지 표정들이 한결 부드러워졌다. 하지만 다들 적잖이 당황했었는지 곧바로 잠을 청하러 가는 이들은 드물다. 새벽 네 시답지 않게 다이닝룸이 붐빈다.

왠지 커피향이 평소보다 부드럽다.

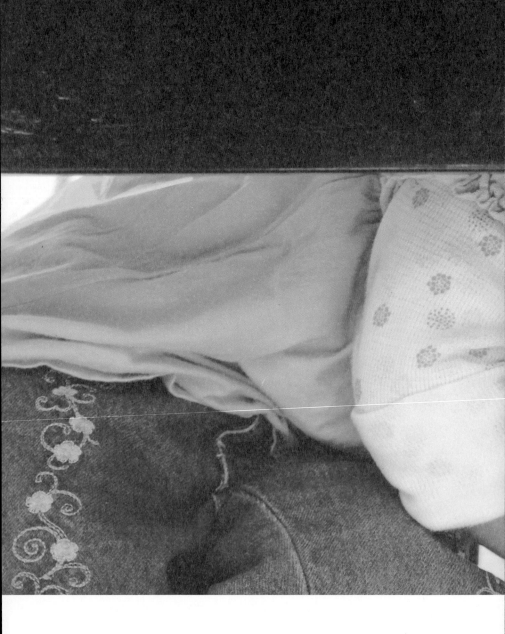

때로는

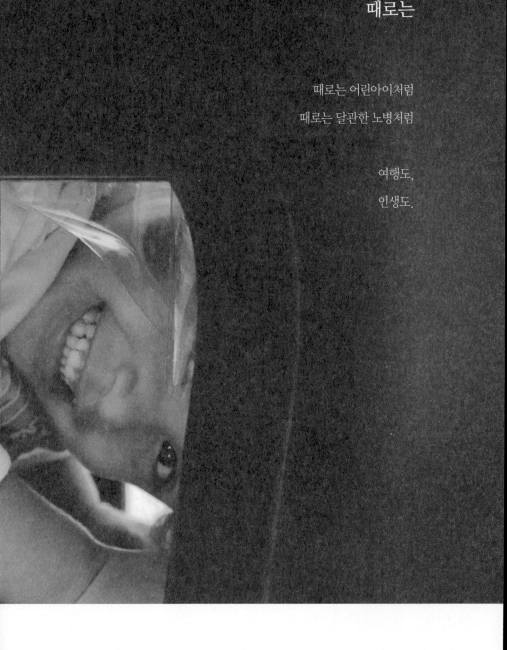

때로는 어린아이처럼
때로는 달관한 노병처럼

여행도,

인생도.

이과수 폴

초등학교 4학년에 이과수를 처음으로 접했다. 물론 사진으로.

손바닥만 한 사진이 어마어마한 실물로 다가오기까지 꼬박 15년이 걸렸다.

크고 아름답다. 말도 안 되게. '어마어마하다'는 말은 이과수를 수식하기 위해 존재하는 것 같다. 어마어마하게 크고 어마어마하게 아름답다. '지구 상에서 가장 큰'이라는 타이틀은 너무 겸손한 표현이다. 죽기 전에 와 봐서 다행이다. 시인이 될 걸 그랬다. 이 아름다움, 이 웅장함을 표현할 단어가 나에겐 부족하다.

내가 할 수 있는 일이라곤 황홀경에 취해 셔터를 누르는 일뿐.
폭포로부터 따스한 미풍이 넘실넘실 불어온다.

　일 년여간 부족한 체력 때문에 남들의 곱절로 한 고생들이 폭포수의 안
개처럼 흩어진다. 이런 폭포를 볼 수 있다면야 그 정도 고생은 고생도 아니
지. 글이든 사진이든 이 순간을 온전히 기록할 수만 있다면 더 바랄 것이
없을 텐데. 이 따스한 기운과 웅장한 자태를 최대한 마음에 각인시키려 노
력하는 수밖에. 나중에 아주 나중에라도 한 번쯤은 다시 오고 싶다.

발자국 일곱, **내리다**

새로운 내 인생의
무대에

무작정 시작한 방랑이
인생의 진짜 가치를
찾아 주었다.
새로이 열린 나의 무대에서
비상을 꿈꾼다.

세계 최고의 학교

나는 여태껏 여행보다 더 좋은 학교를 보지 못했다.
주위의 모든 것들을 선생님으로 만들렴.

세상이란 학교에서 많은 것을 보고 배우렴.

나는 네가 훌륭한 사람이 될 거라 믿는다.

안전한 여행이 되길 바란다. 양권아!

- 오토바이로 북남미를 횡단 중이신 두 할아버지의 이야기

안비행소년

여행은 나에게 가장 큰 성장이다.

내 나이 또래의 청년들은 스펙 쌓기에 열중하고 눈에 보이는 점수나 자격증을 성장의 척도로 본다. 이것은 이들의 문제가 아니라 그렇게 될 수밖에 없는 환경의 문제다. 각기 다른 모양을 하고 자라난 나무들을 스펙이라는 규격에 맞춰 재단해서 쓰기 좋은, 그렇지만 결코 개성은 없는 목재로 다듬는 과정이 취업 경쟁이고 스펙 쌓기이다. 아름다운 가지들을 자신의 손으로 잘라버리다니.

물론 다듬어진 목재들은 쓰는 사람의 입장에서는 매우 편리할 것이며, 사회적으로 적응을 잘한 모범 시민이 될 수 있을 것이다. 하지만 그들에게 나무로서의 삶이 어디까지 허용될까.

나는 나무로 살아가고 싶다. 사회에서 쓰기 알맞은 사람이 아니라 나의 입장에서 나의 인생을 충실히 살고 싶다. 여행은 그런 나에게 가장 깊고 튼튼한 뿌리가 되어줄 것이다. 그리고 시간이 지나면 그 경험들은 땅속 깊이 내린 뿌리처럼 나를 지탱해 줄 것이다.

20대.
목재가 될지 나무가 될지 결정해야 할 때다.

다른 사람들보다 높아지기 위해 의미 없는 경쟁을 하는 것보다는

풍성한 가지들로 그늘을 만들어

사람들을 보듬을 수 있는 나무가 되고 싶다.

Epilogue

누군가를 사랑한 삶은 기적이다.
누군가의 사랑을 받았던 삶도
기적이 아닐 수 없다.

나는 자신 있게 말할 수 있다.
348일간의 기적을 맛보았다고.

이제 곧 나의 첫 세계여행이 마무리된다.

여기저기서 한국말이 들려온다.
집에 갈 때가 되었나 보다.

Thanks to_ 가르침을 주신 많은 분들

내일이 두려운 청춘을 위한 지구 방랑기
길을 잃고, 너를 만나다

1판 1쇄 펴낸날 2014년 04월 20일
1판 2쇄 펴낸날 2014년 05월 20일

지은이 정양권

펴낸이 서채윤
펴낸곳 채륜
책만듦이 김미정
책꾸밈이 Design窓 (66605700@hanmail.net)

등록 2007년 6월 25일(제25100-2007-000025호)
주소 서울 광진구 능동로23길 26
대표전화 02-465-4650 | **팩스** 02-6080-0707
E-mail book@chaeryun.com
Homepage www.chaeryun.com

© 정양권, 2014
© 채륜, 2014, published in Korea

책값은 뒤표지에 있습니다.
ISBN 979-11-85401-02-7 03810

이 도서의 국립중앙도서관 출판시도서목록(CIP)은 서지정보유통지원시스템 홈페이지(http://seoji.nl.go.kr)와 국가자료공동목록시스템
(http://www.nl.go.kr/kolisnet)에서 이용하실 수 있습니다.(CIP제어번호: CIP2014009978)